あやかし小町
大江戸怪異事件帳
廻り地蔵

特選時代小説

鳴海 丈

廣済堂文庫

目次

第一話　廻り地蔵　5
第二話　消える男　151
第三話　死神娘《しにがみむすめ》　203
あとがき　247

第一話　廻り地蔵

一

「それにしても、旦那――」

煙管《きせる》を吹かしながら、御用聞《ごようき》きの岩太《がんた》が、しみじみとした口調で言った。

「石川五右衛門《いしかわごえもん》じゃありませんが、悪い奴を捕まえても捕まえても、次から次へと湧いて出るもんですねえ」

「浜の真砂《まさご》は尽きるとも、世に盗人《ぬすっと》の種は尽きまじ――という五右衛門の辞世の句か」

北町奉行所《きたまちぶぎょうしょ》の定町廻《じょうまちまわ》り同心《どうしん》、和泉京之介《いずみきょうのすけ》は苦笑して、

「岩太親分は時々、ちらりと学問のあるところを見せるから、俺も油断できないな」

「からかっちゃいけませんよ」

仲の良い主従は、子犬同士がじゃれ合うように軽口を叩く。

そこは、麻布《あざぶ》の宮村町《みやむらちょう》の四辻《よつつじ》にある自身番《じしんばん》の中である。市中見廻り中の二人は、その上がり框《かまち》に腰を下ろしていた。

十代将軍家治《いえはる》の頃――陰暦五月初めの夜更《よふ》けであった。

梅雨《つゆ》を前にして、寒くもなく暑くもなく、すごしやすい季節である。

「どうしたんだ、いやに抹香《まっこう》くさいことを言うじゃないか。御用聞きの手札《てふだ》と十手《じって》を俺に返して、女髪結いの亭主に納まる算段でもついたのか」

京之介は二十三歳と年齢は若いが、北町でも腕利《うでき》きとして名高い。清廉《せいれん》な人柄で、役職を笠に着ての横暴な振る舞いなど全くないから、市中の評判も高かった。

きりっとした眉の男らしい生真面目な風貌だが、目許《めもと》のあたりには若者らしい甘さも残っている。

長身で肩幅が広く、頑健な肉体をしていた。朋山流《ほうざんりゅう》剣術の遣《つか》い手《て》でもある。

三十一歳の岩太は、京之介の父の京之進《きょうのしん》の代からの子飼いの御用聞きだ。

京之進が三年前、卒中《そっちゅう》で倒れて走れなくなり、息子に家督《かとく》を譲ると、その京之介から改めて手札と十手を貰った忠義者である。

「冗談じゃありませんや。和泉の旦那の手先が務まるのは、大江戸八百八町広しといえども、憚《はばか》りながら、この岩太様以外にいやしねえ。金輪際《こんりんざい》、手札と十手はお返ししませんから、覚悟しておいて下さい」

特大の鼻の孔をふくらませて、岩太は宣言した。

眉は炭を貼りつけたように太く黒々としていて、目も鼻も口も、全ての部品が大きい剽軽《ひょうきん》な顔立ちであった。軀《からだ》つきも、ずんぐりとしている。

相手に警戒心を起こさせない親しみやすい風貌は、聞きこみにうってつけであった。

「あっしはね、ただ、この世から悪事をなくす方法はないものか――と思っただけでさあ」

「なくならんだろうな」

京之介が、あっさり言い切る。

「人に欲というものがある限り、常に事件は起こるだろう」

「はあ……」

「だが、俺たちが一人でも多く悪い奴を捕まえれば、犠牲になる者は、それだけ少なくなる。賽《さい》の河原《かわら》に石を積み上げて鬼に崩されるよりは、はるかにやり甲斐《がい》がアるし、苦労する意味のある仕事だ」

年上の手先の顔を覗きこんで、京之介は微笑を浮かべた。

「だからこそ、岩太。雨が降っても雪が降っても、俺たちは江戸中を歩きまわっているのではないか」

「へい、旦那の仰るとおりで」

岩太は、ぺこりと神妙に頭を下げた。

「愚痴なんかこぼしたあっしが、間違っておりました」

「よせよ。柄《がら》にもなく説教くさいことを言ったもんだから、俺は背中に汗をかいてしまったぞ」

照れたような表情で、京之介が言う。

自身番に詰めていた町役人《ちょうやくにん》たちが、朗《ほが》らかな笑い声を立てた——その瞬間、

「うひゃあああっ」

突然、出入り口の腰高障子《こしだかしょうじ》を押し倒して、頭から土間《どま》へ転がりこんだ者がいた。

「何者だっ」

京之介が、親指で脇差《わきざし》の鯉口《こいぐち》を切りながら、立ち上がった。

帯から抜いた大刀《だいとう》は脇に置いているが、狭い自身番の中で闘うのなら、脇差の

方が取り扱いしやすい。

同時に、岩太も十手を抜きながら、立ち上がっていた。

「あ、松《まつ》の市《いち》さんじゃないかっ」

町役人の一人が、土間に降りながら言った。

銅物屋《かなものや》〈三好屋《みよしや》〉の主人で、新兵衛《しんべえ》という。

「旦那。この人は、この辺を流している按摩《あんま》の松の市ですよ」

「按摩か」

京之介は、抜きかけた脇差を鞘《さや》に戻した。

よく見れば、その中年の男は頭は剃《そ》っているし、杖も土間に転がっている。

「どうかしたのかね、松さん。そんなに慌てて、野良犬にでも追いかけられたのかい」

三好屋新兵衛は、岩太と一緒に松の市を助け起こしながら、訊《き》いた。

「そ、そうじゃありません……」

松の市は喘《あえ》ぎながら、言う。

「人殺し……闇坂《くらやみざか》で人が殺されてますっ」

二

麻布の宮下町《みやしたちょう》と宮村町の十字路を、南西方向へ上ってゆくのが、闇坂である。

左手は旗本《はたもと》・大島家《おおしまけ》の別邸、右手は増上寺《ぞうじょうじ》隠居屋敷だ。

両者の塀越しに伸びた樹木の枝が天を覆っているので、昼なお暗い坂であった。

ちなみに、江戸府内で〈くらやみ〉と名づけられた坂は、これ以外にも二箇所ある。

「旦那、ホトケはここだっ」

提灯《ちょうちん》を持って先に走って行った岩太が、俯《うつぶ》せに倒れた男の脇で、叫んだ。男の近くに、燃え尽きた提灯の残骸がある。

和泉京之介は、死体を片手拝みしてから、自身番で借りてきた龕灯《がんどう》で照らす。

四十前後の堅気《かたぎ》と見える町人であった。胸を一突きにされている。

「この傷は、匕首《あいくち》だろうな。まだ、肌に温《ぬく》もりがある」

「殺されたばっかりですね」

「うむ……これは、厨子《ずし》のようだが」

屍体の側に広げられた風呂敷があり、その上に杉の白木《しらき》の厨子が転がっている。高さは一尺ほどで、かなり古びていた。

厨子は古くは仏龕と呼ばれて、中に仏像を安置するものだ。

しかし、扉が左右に開いたままの厨子の中は、空《から》っぽである。

「旦那、ホトケは財布を盗《と》られてますよ」

「金目当か。だが、厨子の中が空……下手人《げしゅにん》は中にあった仏像も持ち去ったのかな」

龕灯で厨子の中を照らしながら、京之介は言った。

「するってえと、大した値打ちの秘仏《ひぶつ》ってわけですね。裏買《うらが》い人《にん》を手繰《たぐ》っていったら、すぐに見つかるでしょう」

探索の糸口が見つかったので、岩太は張り切る。裏買い人とは、盗品を買い取る故買屋《こばいや》のことだ。

「いや、値打ちのある秘仏にしては、厨子の造りがお粗末のようだ。手垢《てあか》で黒ずんでいるし、ずいぶん前に作られたものらしい」

「そういえば、回向院《えこういん》なんかで秘仏が出開帳《でかいちょう》される時は、ぴっかぴかの金色の厨子に、ちんまりと納まってますね」

「引き出しに、何か入ってるな――」

京之介は、厨子の中の引き出しを、開けて見た。

中には、お手玉や櫛《くし》、小さな起き上がり小法師《こぼし》、独楽《こま》や折り畳んだ道中双六《どうちゅうすごろく》などが入っている。

「仏具かと思ったら、子供の玩具《おもちゃ》みたいなものばかりだぞ」

「値打ち物の秘仏だったとしたら、その厨子の引き出しに、安っぽい玩具を入れておくのも、妙ですねえ」

岩太は、首をひねって、

「誰か、下手人を見た者がいりゃいいんですが。月も細くて、場所が闇坂、見つけたのが按摩――とんだ三題噺《さんだいばなし》だ。これじゃ、どうにもなりませんや」

その時、宮村町の方から提灯が近づいてきた。三好屋新兵衛が、按摩の松の市の手を引いている。

「旦那、松の市が申し上げたいことがあるそうで――」

「お役人様。ようやく、思い出しました」

「何を思い出したのだ」

訝《いぶか》しげに、京之介が訊く。

「わたくし、ホトケさんのそばから走って行く奴の足音を聞いたのでございます。わたくしの下駄の音を聞いて、殺した奴が慌てて逃げたのでございましょう」

「足音か……」

京之介は、少し失望したような顔になった。

顔や後ろ姿ならともかく、足音は探索に役に立ちそうもない。

「いえ、それが変わった足音で」と松の市。

「ぺったら、ぺったら、ぺったらと草履《ぞうり》を引きずるような、だらしのない走り方なのでございます。どうも、どこかで聞き覚えがあると思ったら――」

「そいつを思い出したのかいっ」

岩太が、身を乗り出した。

「はい、親分」

松の市は、顔を彼の方へ向けて、うなずいた。

「もう、半月ほど前になりますか……」

――夜中に、赤羽橋《あかばねばし》の北の袂《たもと》に出ていた屋台で、松の市は蕎麦《そば》を手繰っていた。

すると、隣にいた二人の連れの客の一人が、先に食べ終わって足早に歩き出した。

「おい、ちょろ松。何をもたもたしてるんだ、早くしろっ」

そう急《せ》かされたので、残った客は、大急ぎで蕎麦を流しこむと、

「待ってくれよ、兄貴っ」

急いで、連れを追いかけていったのである……。

「——その時の足音が、ぺったら、ぺったらだったのでございます。自慢じゃありませんが、わたくしは目が見えませんので、耳だけは他人様《ひとさま》よりも聡《さと》うございます。お得意様も声で聞き分けないといけませんから、決して聞き違いは致しません」

松の市は断言した。

「連れの男は、そいつを、ちょろ松と呼んだのだな」

京之介は真剣な表情で、念を押した。

「はい。確かに、ちょろ松と」

何度もうなずきながら、松の市は言う。

「旦那」と岩太。

「そいつは、松吉《まつきち》とか徳松《とくまつ》とかいう名前なんでしょうね。ちょろちょろした落ち着きのない野郎だから、ちょろ松って渾名《あだな》がついたんでしょう」

「そんなところだろうな」

京之介も同意する。それから、中年の按摩の方を向いて、

「松の市、よく報《しら》せてくれた。おかげで、大きな手がかりになりそうだ」

「ありがとうございます。わたくしのような者が、御用のお役に立てて、嬉しゅうございます」

誇らしげに会釈をする、松の市であった。

三

「ちっ、熱燗《あつかん》だと言ったのに、日向水《ひなたみず》みてえなぬる燗を持ってきやがった……全く、役に立たねえ阿魔《あま》だな」

赤い顔をした千代松《ちよまつ》は、小女《こおんな》の背中に毒づきながら、猪口《ちょこ》に酒を注ぐ。

年齢は三十過ぎ、眉が薄く、目も鼻も口も小さく、扁平な顔つきをしていた。

まことに風采《ふうさい》の上がらぬ小男であった。

芝《しば》の薩摩藩《さつまはん》中屋敷の西に、〈袈裟掛《けさが》けの松〉で知られた田中山西応寺《でんちゅうざんさいおうじ》がある。

千代松がいるのは、西応寺の裏手にある居酒屋だ。

闇坂で死体が見つかった翌日の夜であった。

千代松の卓には、空《あ》いた銚子《ちょうし》が四、五本、並んでいる。

半刻《はんとき》――一時間ほど前から、出入り口に近い卓に、千代松は腰を据えて飲んでいるのだった。

「松さん、今日は勘定は大丈夫だろうね。もう、つけは利かないよ」

小女と入れ替わりに板場《いたば》から出てきた白粉《おしろい》やけした女将《おかみ》が、尖った声で言う。

「安心しな。今までのつけも、まとめて払ってやる」

千代松は、卓の上に小判を一枚、ぽんと放り出した。

「釣銭を用意しとけよ」

「あら、まあ、お見それいたしました。すぐに、熱いのをお持ちしますからね」

小判を見た女将は、お世辞笑いを浮かべて、板場に引っこむ。

「へっ」千代松は嗤《わら》った。

「掌返《てのひらがえ》しとは、よく言ったもんだぜ」

「――景気が良いな、千代松」

背後から、声がかかった。千代松は振り向きもせずに、

「俺の景気が良かろうが、悪かろうが、てめえの知ったことじゃねえっ」

突《つ》っ慳貪《けんどん》にそう言った時、声をかけた相手が、千代松の前へまわりこんできた。

誰が見ても町方の同心だとわかる姿をした、和泉京之介である。

「え？」

驚愕した千代松は、反射的に後ろを見た。そこには、岩太が壁のように立っていて、退路を塞《ふさ》いでいる。

千代松の顔から、急激に酔いが引いたようであった。

「お前、千代松だろう。金のにおいのするところを、鼠みたいにちょろちょろしてるんで、ちょろ松という渾名がついたそうじゃないか」

――闇坂で殺された男の死体は自身番の土間に置かれて、通行人が顔を見られるようになっているが、まだ身許は不明である。

だが、運の良いことに、赤羽橋の袂に蕎麦の屋台を出している喜兵衛《きへえ》という老《ろう》爺《や》が、ちょろ松のことを知っていた。

「へい、たしかに半月ほど前の夜に、ちょろ松…いや、千代松さんが来ましたよ。なんか、兄貴分みたいな見たことのない人と一緒でしたね」

喜兵衛の証言で、千代松は飯倉町《いいくらちょう》の長屋に住んでいることがわかり、京之介と岩太は、その立ち回り先を調べた。

そして、ついに、この店で千代松本人を見つけたのである。

「いつも働きもせず、ぶらぶらしてるそうだが、この小判はどうした。金のなる木でも見つけたのか」

「……」

千代松は黙りこんで、餌を探す雀のように、目を左右に忙《せわ》しなく泳がせる。

「おい、猪口が空いてるぞ」

銚子を取り上げて、京之介は、千代松の猪口に酒を注《つ》いでやった。

「こりゃ、どうも……」

千代松は怯《おび》えた顔で、その猪口を口元に運ぶ——と見せて、意外な迅《はや》さで、肩越しに後ろへ中身を放った。

「わっ、何をしやがるっ」

酒が目に入った岩太に体当たりして、千代松は逃げ出した。

居酒屋から飛び出すと、ぺったら、ぺったらという情けない足音を立てて、通りへ走り出る。

左が大名屋敷を抜けると将監橋《しょうげんばし》、右が町屋《まちや》を抜けて廻り橋だ。

人けのない左の通りが良いか、夜更けとはいえ、まだ人けのある右の通りの方が逃げやすいか——千代松は、判断に迷った。

その一瞬の隙に、

「この野郎っ！」

背後から、岩太が飛びかかった。

「ぶぎゃっ」

顔面から地べたに勢いよく叩きつけられて、千代松は、踏み潰された豚のような悲鳴を上げる。

「この人殺し野郎、よくも岩太様に舐めた真似《まね》をしてくれたなっ」

捕縄で、千代松を素早く後ろ手に縛りながら、岩太は吠えた。

そして、千代松の懐《ふところ》に手を突っこんで、凶器の有無を確認していると、

「おっ、旦那。これを――」

唐桟《とうざん》の財布を抜き出して、京之介に渡した。

「これは、粋人《すいじん》や大店《おおだな》の主人が好む洒落《しゃれ》た財布だ。半端者《はんぱもの》のごろつきが持つような代物《しろもの》じゃないな」

京之介は、中身を調べながら言った。

一分金《いちぶきん》と一朱銀《いっしゅぎん》、小銭などで半両ほど入っている。先ほどの小判も、この財布から出たのであれば、全部で一両半だ。

「匕首で刺し殺した上に財布まで奪った——これで、てめえは死罪は間違いなしだ。念仏でも唱《とな》えやがれっ」

千代松に馬乗りになっている岩太は、相手の後頭部を拳骨で殴りつける。

「痛《い》てて……違う、俺は人殺しなんかじゃねえっ」

顔面を擦《す》り傷だらけにした千代松が、必死で弁解した。

「たまたま、死人に出くわしたもんで、出来心で懐から財布をいただいちまっただけだ。悪気はねえんですよ。今は心の底から後悔してますから、お見逃しを」

「見逃せだと？」岩太は呆《あき》れ果てて、

「五文、十文ならともかく、一両半も入った財布を盗んだ上に、そいつで居酒屋のつけまで大威張りで払おうとしやがったくせに。今さら、出来心も悪気がねえも通用するかっ」

「おい、千代松」

京之介が腰をかがめて、千代松の顔を覗きこんだ。

「お前が刺し殺したんじゃなけりゃ、闇坂で誰があのホトケを殺《や》ったんだ」

「そりゃあ……」

千代松は目を逸《そ》らせる。

「あのホトケは、殺されたばかりだった。その懐から財布を盗んだということは……お前、下手人を見たんじゃないか」

「………」

京之介の問いに、千代松は黙りこんだ。

四

「こいつめ。入墨《いれずみ》と敲《たたき》だけで済むか、首が飛ぶか、大事な生死の境目だ。性根《しょうね》を入れて、答えろっ」

岩太が、もう一発、拳骨をおみまいする。

「痛てぇっ」

千代松は悲鳴を上げた。

「親分の拳骨は岩みてえだ。もう、勘弁してくれ」

「だから、さっさと旦那の訊かれたことに返事をすりゃいいんだよっ」

「でも……」

千代松は逡巡する。その様子を見た和泉京之介は、近くの路地の方に目をやり、

「岩太、そいつを立たせてやれ」

「へい」

小男の千代松を、岩太は軽々と引き起こした。

先に立って、京之介は路地へ入ってゆく。岩太は、千代松をそこへ連れこんだ。

路地の奥の突き当たりは、真竹を並べた透《すか》し垣《がき》になっていた。

竹と竹の間から庭の石灯籠《いしどうろう》の光が洩れているので、そのあたりは、ほんのりと明るい。

京之介は、後ろ手に縛られている千代松を地面に座らせて、

「千代松。お前は勘違いをしているぞ」

「へえ……?」

千代松は間抜けな顔つきで、若い腕利き同心を見上げた。

「ホトケの懐から財布を盗んだだけで、殺してはいないから、大した仕置《しおき》にならない――と思っているだろうが、それは大間違いだ」

京之介は、淡々とした口調で言う。

「仮に俺がそれを信じたとしても、吟味方《ぎんみかた》の与力《よりき》様は承知すまい。お前は責め問いにかけられるだろう。責めの辛さに負けて殺しを認めれば、お前は死罪だ」

「だ、旦那っ、助けてくだせえっ」

ごろつきの千代松は、恥も外聞もなく泣き出した。

「俺は死にたくねえ、石を抱かされたりするのも御免《ごめん》だっ」

顔面を擦り傷だらけにした中年男が泣きじゃくる様《さま》は、あまり見栄《みば》えの良いものではない。

「だったら、お前が見た下手人の名を言え」

「言ったら……それを言ったら、俺は必ず殺される、どっちにしても命がないんだよォ……」

幼児のように泣きわめく、千代松だ。

「馬鹿だなあ、おめえ」

脇から、岩太が言った。

「その下手人を旦那と俺が捕まえれば、そいつは間違いなく死罪だ。おめえが殺される心配は、なくなるじゃねえか」

「だけど……」

「いいか。逆に、おめえに殺しの現場を見られたと下手人が知ったら……おめえが敲で済んだとしても、口封じのために殺しに来るだろうよ」

「ひィっ」

そのような事態は想像していなかったらしく、千代松は笛のように喉を鳴らして、息を鋭く吸いこんだ。

「あいつは……留蔵《とめぞう》兄貴は恐ろしい奴なんだ……凄く凶暴で……」

震えながら、千代松は言う。

千代松が留蔵と出会ったのは、半月ほど前——飯倉町の料理茶屋の離れ座敷に立った賭場《どば》である。

すっかりかんになった千代松が、隣で勝ち続けている男に、「兄貴。ついてますね」とお世辞を言ったら、そいつから「つきじゃねえ、腕だ」と冷たく言い返された。その男が、留蔵であった。

しかし、何が気に入ったのか、留蔵は博奕《ばくち》を適当に切り上げると、「おい、蕎麦でも喰おう」と千代松を誘ったのである。

その時、赤羽橋の袂の屋台で二人で蕎麦を喰ったのだが、そこに松の市もいたのだった。

それから、留蔵に「おめえの馴染《なじ》みの岡場所《おかばしょ》はあるか」と訊かれたので、千代松は、神明町《しんめいちょう》の遊女屋〈成田屋《なりたや》〉に案内した。

留蔵の奢《おご》りで、千代松も妓《おんな》と寝た。

翌朝、留蔵は敵娼《あいかた》に満足したらしく、「俺は、江戸は不案内だ。ちょろ松、面《おも》白《しろ》いところを知ってたら、案内してくれ」と千代松に言った。

そういう成り行きで、千代松は留蔵の腰巾着《こしぎんちゃく》になったのである。

ところが、数日後――深川《ふかがわ》の盛り場を歩いている時、前から来た遊び人らしい三人組の一人と、留蔵の肩がぶつかった。

すると、相手が因縁をつけるよりも早く、留蔵は懐から匕首を抜いた。そして、いきなり、そいつの顔を斜め十字に斬り裂いたのだ。

あまりの凄惨さに、関わり合いになることを怖れた千代松は、その場から脱兎《だっと》のごとく逃げ出した……。

「その後、留蔵がどうしたのか、三人組の奴らがどうなったのか……俺にはわからねえ。とにかく、肩がぶつかっただけで、言い合いをしたわけでも殴られたわけでもないのに、一言《ひとこと》も喋らずに、相手の顔を斜《はす》に斬ったんだから……あいつは、まるで狂犬だ」

「狂犬の留蔵か……」京之介は嘆息した。

「で、お前は、その狂犬が闇坂で人を殺すのを見たんだな」

がくん、と千代松は大きくうなずいた。

「昨日、広尾町《ひろおちょう》の知り合いのところへ、俺は金を借りに行ったんです――」

留守の家に勝手に上がりこんで、夜更けまで待っていたが、その知り合いは帰ってこない。

それで仕方なく、千代松は飯倉町へ帰ろうとしたら、今度は闇坂の上で提灯の蠟燭《ろうそく》が燃え尽きてしまった。

坂を下りて宮村町に行けば、蠟燭が手に入るだろう――と考えた千代松は、増上寺隠居屋敷の壁を手探りしながら、坂を下りだしたのである。

すると、前方に提灯の明かりに照らされた二人の男が見えた。

「いいから、その厨子を渡せ」

そう言った声が留蔵のものであったから、千代松は驚いて、足を止めた。

風呂敷包みを持った相手が何か言い返したようが、千代松の耳には、それが聞き取れなかった。

突然、留吉は匕首を抜くと、相手の胸を刺したのである。

仰天《ぎょうてん》した千代松が後退《あとずさ》りした時、うっかりして、落ちてた小石を蹴ってしまった。

からころと音を立てて小石が落ちてゆくと、留蔵は、はっとして千代松の潜《ひそ》んでいる暗闇を見つめた。

が、すぐに風呂敷包みを開いて、その厨子の中から何かをつかみ出すと、留吉は坂を駆け下りていった。

千代松は恐る恐る倒れている男に近寄ったが、燃える提灯に照らされた男は明らかに絶命していた。

そして、千代松は、男のそばに唐桟の財布があるのに気づいた。

倒れたはずみに懐から落ちたのだろうが、上手《うま》い具合に血もついていない。

そいつを千代松が自分の懐に突っこんだ時、坂の上から、からんころんと下駄の足音が近づいてきた。

千代松は、ぺったら、ぺったらと足音を立てて、夢中で坂道を駆け下りたのである……。

「なるほど……留吉は、厨子を渡せと迫ったのか……」

京之介は、その意味について考えながら、

「だが、どうして、盗みの証拠になる財布を捨てなかったんだ」

「そいつは……値打ちのある品みたいなんで、ほとぼりが冷《さ》めたら、金に換えようと思って……」

「欲の皮の突っ張った野郎だ」

岩太が、相手の額を小突く。

「済みません」

千代松は、ぺこりと頭を下げた。

「で、留蔵の人相は。年齢《とし》は」

年齢は四十前くらい、背丈《せたけ》は並だが骨太のがっしりした軀つきで、手は節くれ立っている。月代《さかやき》を伸ばして、色黒で角張った顔立ち。額が迫《せ》り出して、眼窩《がんか》が深い。その奥目の眼光が鋭く、髭の剃り跡が濃くて、口が大きい――と千代松は説明した。

「あの鮮やかな匕首の使い方からして、留蔵は、今までに何人も殺してますぜ、きっと」

「留蔵は、江戸が不案内だと言ったのだな。では、どこから来たのだ」

今度は、京之介が問う。

「それについちゃ、酒を飲んで機嫌の良さそうな時に、俺も訊いてみたんですが……上方《かみがた》の出《で》と言ったり、越中《えっちゅう》の米問屋の倅《せがれ》と言ったり、駿河《するが》の茶畑で働いていたと言ったり、あやふやでね。どうも、生国《しょうごく》を知られたくなかったようです」

千代松の答えを聞いた京之介は、少しの間、考えこんでいたが、

「――岩太、こいつの縄を解《ほど》いてやれ」

「はあ……」

あまり気の進まない顔で、岩太は、千代松の縄を解いてやった。

「ありがとうございます、旦那っ」

立ち上がった千代松は、満面の笑みを浮かべて、へこへこと何度も頭を下げる。

「とりあえず、ホトケの懐から財布を盗んだ件は棚上げだ」

和泉京之介は、厳《おごそ》かに言い渡した。

「その代わり――」

「へ？」

「明日から、この岩太と一緒に江戸中を歩きまわって、狂犬の留蔵を捜し出すんだ。千代松、手を抜くなよ。奴の捕縛には、お前の命もかかっているんだぞ」

五

「この黄粉《きなこ》団子が、うちの孫の好物でねえ」

茶汲み娘のお光《みつ》に茶代を渡しながら、その初老の客は言った。

「そうなんですか、ありがとうございます。これからも、ご贔屓《ひいき》に」

十七歳のお光は、爽《さわ》やかな笑顔で会釈する。

黄八丈《きはちじょう》に緋縮緬《ひぢりめん》の片襷《かただすき》を掛け、結綿髷《ゆいわたまげ》に結った髪に古い黄楊《つげ》の櫛《くし》を挿している。

細面《ほそおもて》で切れ長の澄んだ目が印象的な、清潔な雰囲気の美しい娘であった。

千代松が和泉京之介に釘を差された夜から二日目の午後——両国《りょうごく》橋の袂、西両国広小路《ひろこうじ》の掛け茶屋〈橘屋《たちばなや》〉の店先であった。

お光は、この橘屋の看板娘である。

その客は、浅草黒船町《あさくさくろふねちょう》の小間物屋《こまものや》〈奈良屋《ならや》〉の主人の吉兵衛《きちべえ》で、孫の正吉《しょうきち》と手代《てだい》の新六《しんろく》が一緒だった。

六十代初めの奈良屋吉兵衛は、回向院参詣《えこういんさんけい》帰りには、必ず橘屋で一休みしてゆくのだ。

「さあ、坊ちゃん。新六が、店まで負《おぶ》って差し上げましょう」

若い手代が身を屈めると、四歳の正吉は首を横に振る。

「やだ、爺《じ》イじがいい」

「甘えん坊だな、正吉は。よし、よし」

目尻を下げて微笑《ほほえ》んだ吉兵衛は、孫を抱き上げた。芥子頭《けしあたま》の正吉は、ぎゅっと祖父に抱きつく。

「大旦那様。お疲れになりましたら、わたくしが代わりますので」

「うん、そうしてくれ。正吉も、ずいぶん重くなったからなあ」

そう言って、吉兵衛は歩き出した。

「お気をつけて――」

お光の声に送られて、吉兵衛たち三人は浅草橋の方へ去る。

それから、お光が縁台《えんだい》の方を向いて盆を片付けようとした、その時――彼女の視界の隅で、急に何かが動いた。

「――？」

瞳をそちらに向けると、先ほどから吉川町《よしかわちょう》の角に人待ち顔で立っていた男が、早足で浅草橋の方へ行くところだった。

四十くらいの遊び人風の男で、中背だが骨組みは逞《たくま》しい。色黒で奥目、髭の剃り跡の濃い角張った顔つきをしていた。

その男は、吉兵衛たち三人の方へ行くと、一旦《いったん》、立ち止まった。

そして、吉兵衛たちと同じ方向へ、距離を保ったまま、ゆっくりと歩いてゆく。

(あの人、まるで、奈良屋さんたちのあとを尾行《つけ》ているような……)

怪訝《けげん》な面持《おもも》ちで、お光が、男の後ろ姿を眺めていると、ぽんっと肩を叩いた者がいる。

「あら、兄さんっ」

振り向くと、そこで微笑していたのは、兄の佐吉《さきち》であった。

お光より五歳年上で、駆け出しの絵師だ。

雅号を〈東金秀峰《とうがねしゅうほう》〉という。

「どうした、ぼんやりして。ひょっとして、誰かさんのことでも考えてたのか」

「そんな……あたしは、ただ……」

頬を染めて戸惑う妹を見て、

「これは、俺が悪かった。冗談だよ」

佐吉は、軽く頭を下げる。純情なお光には、本気で慕っている相手がいるのだった。

「厭《いや》な兄さんね、知らないっ」

そう言って、奈良屋吉兵衛たちの盆を下げたお光だが、すぐに熱い茶を持ってきた。

「今日はどうしたの」

「紺屋町《こんやちょう》で、版元さんと打ち合わせをした帰りなんだ。久しぶりで、お前の様子を見にきたのさ」

――上総国《かずさのくに》の東金村で、小さい頃に両親を亡くしたこの兄妹は、村の名主《なぬし》の宗《そう》兵衛《べえ》に引き取られた。

名主屋敷では、兄妹は掛人《かかりうど》と奉公人の中間のような待遇であった。

が、兄の佐吉は、妹が引け目を感じないようにと、自ら進んで重労働を引き受けた。

その結果、佐吉は筋骨逞しい頑健な軀になり、絵師を稼業としている今でも、米俵二つくらいは担《かつ》げる。

日焼けした顔は武骨だが、お光の兄だけあって、目鼻立ちは整っていた。

「今度は、どういう画《え》なの」

「十二枚組の江戸花暦《はなごよみ》だ。二月は向島《むこうじま》の梅、三月は飛鳥山《あすかやま》の桜で決まりだが、一月が難しい。蘿蔔《すずしろ》や薺《なずな》じゃ、あんまり地味だからなあ」

妹のいれてくれた茶を旨そうに飲みながら、佐吉は言った。

「美人画は描かないの」

「うん、注文はあるんだが……」

佐吉は照れ笑いをする。

「美人画の話をすると、うちのお鶴《つる》が厭がるみたいなんでね」

「まあ、義姉《ねえ》さんが……ふふ、御馳走様」

妹にからかわれて、佐吉は黒い顔を赤くした。

佐吉の新妻のお鶴は十九歳で、神田金沢町《かなざわちょう》の生薬商《きぐすりしょう》〈白雲堂《はくうんどう》〉の娘である。世間の人々から、「天女《てんにょ》の生まれ変わりではないか」と言われるほどの美女であった。

ところが、お鶴は、嫁《とつ》いだ先の足袋商《たびしょう》〈美濃屋《みのや》〉で奇怪な事件に巻きこまれ、人殺しの濡れ衣《ぎぬ》を着せられて、入水《じゅすい》自殺の直前にまで追いつめられた。

その時、お鶴を救ったのが佐吉で、同心の和泉京之介に協力して、彼女の無実を証明することも助けた。

そして、左吉自身も、巻きこまれていた事件が無事に解決して、絵師として生きることに決めたのである。

佐吉の誠実な人柄と献身的な行動に感激したお鶴は、彼に求愛されて、夫婦になることを喜んで承知した。

素人《しろうと》同然の駆け出し絵師に大事な娘をやることを、白雲堂の主人・伊兵衛《いへえ》は渋った。

だが、倅の千之助《せんのすけ》に理路整然と諭《さと》され、また、佐吉が描いたお鶴の画の素晴らしさに驚き魅了されて、嫁入りを認めたのである。

お鶴と一緒に東金へ帰って、名主の宗兵衛の許しを得た佐吉は、東金で仮祝言《かりしゅうげん》を、江戸で本祝言を挙げた。

そして、今月の初めに、浅草今戸町《いまどちょう》の小さな借家で、二人だけの新婚生活を始めたのだった。

舅《しゅうと》の伊兵衛が「将来の大物絵師のために、わしが、工房も備えた立派な新居を建ててやる」と申し出たのだが、佐吉は「まだ、わたくしには不相応《ふそうおう》ですから」と穏《おだ》やかに断ったのである。

「――佐吉ではないか」

和泉京之介の声がしたので、兄妹はそちらの方を向いた。

「いや、今は東金秀峰先生だったな。これは、ご無礼」

笑いながら言う京之介は、岩太を連れていない。

「和泉様、おからかいになっちゃいけません」

立ち上がった佐吉は、腰を折って挨拶する。

「御無沙汰しております」

「祝言以来だな。──おっと」

橘屋に入ろうとした京之介は、一歩退《さ》がって、

「お光。塩を頼む」

「はい」

それだけの会話で、理由も訊かずに、お光は奥へ引っこんだ。すぐに、塩を盛った小皿を持ってくる。

そして、塩を摘んで、京之介の左右の肩にかけた。

「京之介様、お弔《とむら》いに行ってらしたのですか」

「身元不明のホトケを無縁墓に埋めるんで、ちょっと立ち合ってきたのだ」

「岩太親分はご一緒に?」

男の肩にかけた浄《きよ》めの塩を、さっさっと袂で払いながら、お光が訊く。

ごく自然に甲斐甲斐《かいがい》しく若い同心の世話をやく妹を、佐吉は、面白そうに眺めていた。

お光は、普通の人間にはない〈力〉がある。

その力で京之介を助けて、この二人は、江戸で起こった様々《さまざま》な怪異な事件を解決していた。

誰が見ても相思相愛なのだが、二人とも奥手《おくて》なので、その気持ちを口に出せないでいるのだ。

「あいつは、昨日から相棒を連れて人捜しに行ってる。――いや、ありがとう」

律儀《りちぎ》に礼を言ってから、京之介は、佐吉の脇に腰を下ろした。

――三日前の夜に麻生の闇坂で刺殺された死体は、自身番の土間に寝かせて、身許が判明するように道ゆく者から見えるようにしていた。

だが、梅雨《つゆ》前の時期だから、死体も痛み出した。そのにおいに、町役人たちも我慢の限界がきたのである。

「それで、近くの竜沢寺《りゅうたくじ》に引き取って貰ったんだ」

「御役目とはいえ、和泉様も大変でございますねえ」

「ホトケは実直そうな町人でね。だから、早く身内のもとに返してやりたいのだが」

お光が運んできた茶を飲みながら、京之介は言う。

「厨子の引き出しに入っていたものから、身許がわからないか調べているのだが、さっぱりだ。これなんだが」

京之介は、懐から折り畳んだ紙を二枚、取り出した。その一つを佐吉に渡す。

「拝見します――」

受け取った佐吉の柔和な表情が、瞬時に引き締まり、真剣な目つきになった。絵師としての顔になったのである。

それは、江戸を起点にして、京の都《みやこ》を終点とする渦巻状の道中双六であった。粗末な紙に、けばけばしい赤い顔料一色だけで刷ってある。

「そちらも、見せていただけますか」

真剣な目つきのままで、左吉は言った。

二枚目は、〈十六武蔵《じゅうろくむさし》〉という盤面遊戯を、双六と同じように紅摺《あかず》りしたものだ。

一つの親石を十六の小石で包囲するというゲームで、端の方に親石も小石も印刷されている。これを鋏《はさみ》で切り離して遊ぶのだ。

両方とも古いもので、折り目の端が切れかかっている。

「――和泉様、これは江戸のものではありませんね」

佐吉は、穏やかな表情になって言う。

「そうなのか」

「紙も顔料も摺りも、よくありません。江戸や京大坂の職人なら、こんな仕事しませんから、おそらく地方で作られたのでしょう。しかも、両方とも、紅摺りですね」

「うん。ちょっと、毒々しいな」と京之介。

「これなら、黒の墨一色の方が見やすいと思うんだが」

「和泉様は江戸生まれで江戸育ち、多色摺りの錦絵《にしきえ》など見慣れてらっしゃるから、そのように思われるでしょうね」

佐吉は微笑んだ。

「ですが、年配の摺師に聞いたところでは、北国や雪の深いところに住む人は赤いものを非常に喜ぶそうです。見ているだけで、暖かく感じるのだそうで。逆に、黒一色だと寒々しく感じるんですね」

「ふうむ……北国か」

京之介は眉を寄せて、改めて道中双六と十六武蔵を見る。

「それと、子供が赤いものを喜ぶんですよ」

「そういえば、土人形でも小芥子《こけし》でも、子供の玩具は赤く塗ってあるものが多いな」

「それで、和泉様。素人が、余計なことを申し上げるようですが――」

「何だ。思い当たることがあれば、遠慮なく言ってくれ」

「これは、越中富山《えっちゅうとやま》の薬売りのおまけではないでしょうか」

「薬売り……そうか」

京之介は、うなずいた。

越中富山藩の専売品である反魂丹《はんごんたん》、実母散《じつぼさん》などの漢方薬を全国に売り歩く行商人を、売薬人と呼ぶ。一般的には、〈富山の薬売り〉と言う。

置き薬という独特の商法で、顧客の家に様々な薬を一揃い、無料で置いていく。そして、後から来た時に、使用した分だけ代金を貰う。さらに、減った薬を足してゆくのだ。

医者のいない村では、置き薬だけが頼りだから、富山の薬売りは全国で歓迎された。

その彼らは、販売促進のために常に様々な〈おまけ〉を持ち歩いていた。

薬の買い上げに応じて、針、塗箸《ぬりばし》、盃《さかずき》などを渡すのである。

子供に喜ばれたのは、武者画や双六、十六武蔵、千代紙、組立て絵などであった。

「薬売りは柳行李《やなぎごうり》を背負って旅をするから、〈おまけ〉も、なるべく軽くて嵩張《かさば》らないものが良いわけだ。紙の双六や十六武蔵なら、その用途に、ぴったりだな」

「それに、もうひとつ」佐吉は言う。

「薬売りの中には、線香立てや花立てまで備えた仏壇を持ち歩く者がいる──と聞きました。豆腐一丁くらいの、小さな仏壇だそうです。稼業柄、いつ、どこで不慮の災難に遭《あ》うかわからないので、薬売りは信心深くなります。それで、朝晩、仏壇の中の画の仏様を拝むのだとか」

「すると、あのホトケは富山の薬売りか……いや、それにしては旅支度ではなかったし、明らかに江戸者だった……」

京之介は考えこむ。

「それに、あの厨子は旅で持ち歩くには大きすぎるしなあ」

しかし、厨子の引き出しに地方の子供の喜びそうなものが入っていたことは、確かである。

「とにかく、大いに助かった。さすが、餅は餅屋だな。佐吉、礼を言うぞ」

「和泉様のお役に立てて、わたくしも嬉しゅうございます」

佐吉は慎《つつ》ましく会釈をする。

「よし。まず、江戸にいる売薬人に話を聞いてみるか」

新たな手がかりを得て、和泉京之介は張り切る。

彼の横顔を眺めるお光も、また嬉しそうであった。

そんなお光の頭の中から、先ほどの不審な男のことは、すっかり消え去っていた——。

六

ぺったら、ぺったら、ぺったらという不景気な足音が早朝の浜松町《はままっちょう》の通りに、流れている。

通りの両側に並んでいる店は、まだ、大戸《おおど》を下ろしたままであった。

「おい、ちょろ松。おめえ、もう少し威勢よく歩けねえか。真横で一日中、その陰気な足音を聞いていると、俺は気鬱《きうつ》の病《やまい》に罹《かか》って寝こんじまいそうだ」

御用聞きの岩太がそう言うと、

「すみませんねえ、親分」

千代松は不機嫌な表情になった。顔の擦り傷は、だいぶ目立たなくなっている。

「お袋からもそう言われましたが、こいつばっかり生まれつきだから、どうにもなりませんや」

「へえ、おめえにもお袋がいたのかい」

「いましたとも。俺だって、溝《どぶ》から湧いたり、木の股から生まれたりしたわけじゃありせんからね」

「おめえのお袋さんなら、さぞかし、目の覚めるような別嬪《べっぴん》だろう」

掛け合い漫才のような会話をしながら歩いている、二人だ。

「江戸っ子は口が悪いというが、親分の口の悪さは、また格別ですね」

「はっはっは、勘弁しろ」と岩太。

「昨日からこれだけ歩きまわって、籾殻《もみがら》のひとつの収穫もないんだから、軽口のひとつも叩かなきゃ、元気が出ねえ」

この二人は一昨日も昨日も、一日中、江戸の盛り場を歩きまわって、闇坂殺人事件の下手人である狂犬の留蔵を捜し続けたのだった。

そして、夕方からは品川宿《しながわじゅく》へ行って、夜中まで宿場《しゅくば》の中をうろついたのである。

日本橋を起点とする東海道の最初の宿駅である品川は、公儀《こうぎ》から遊女屋を置くことを許されている。これを宿場女郎という。

品川宿の遊女は五百人と制限されているが、実際は、その二倍から三倍もいるそうだ。

犯罪を犯した人間は、居続けができる遊廓《ゆうかく》や岡場所へ逃げこむことが多かった。特に品川宿は、町方の追っ手がかかった場合に、すぐに東海道を西へ逃げられるため、犯罪者が利用する可能性が高かった。

それも、なるべく顔を見られないように、暗くなってから遊女屋に登楼《あが》ることが多い。

だから、岩太と千代松は、あっちの路地からこっちの路地へと姿を隠しながら、遊女屋の入口を見てまわったのだが、留蔵を見つけることはできなかった。

二人は、昨夜は問屋場《といやば》の隅に寝て、夜明け前に起きると、日本橋へ向かって歩き出したというわけだ。

「品川まで行って、窓から流れてくる白粉の匂いをかいだだけでお預けなんて……何とも、殺生《せっしょう》だ」

「俺たちは、物見遊山《ものみゆさん》をしてるわけじゃないからな」

「日本橋で、あの野郎が見つかりますかね」

うんざりした顔で、千代松が言う。つい十日ばかり前までは、留蔵を「兄貴」と奉《たてまつ》っていたのに、今は「野郎」呼ばわりだから、調子が良い。

「日本橋で見つからなきゃ、両国へ。両国で見つからなきゃ深川へ。深川で見つからなきゃ、浅草へ……見つかるまで歩き続けるんだ」

「そんなに歩いていたら、いつの間にか、唐天竺《からてんじく》に着いちまいそうですね」

千代松は溜息をついた。

「もう、留蔵は江戸にはいないんじゃありませんか」

「そうかも知れねえ」と岩太。

「だが、そうじゃないかも知れねえ。後になって、あれは無駄だったってことを毎日、積み重ねていくのが、御用ってもんだ」

「大変な稼業ですねえ」

「そうでもないさ」

岩太は笑顔を見せた。

「犬も歩けば棒に当たる——と言うだろう。こうやって根気よく捜していれば、そこら辺の路地から留蔵の奴が、ひょいと顔を出したり…」

岩太がそこまで言った時、突然、近くの店の潜《くぐ》り戸《ど》が、乱暴に開けられた。

そして、その潜り戸から、手代らしい若い男が転がり出てくる。男は、地面に胃の中のものを吐き散らした。

「おい、どうしたっ」

岩太が慌てて駆け寄ると、男は唸るように、

「店の中……店の中でみんなが……毒を飲まされて………」

「何だとっ!?」

看板を見上げると、小間物商で〈木曾屋《きそや》〉とある。

「千代松、その人を頼むぜっ」

返事も聞かずに、岩太は十手を抜くと、潜り戸から店の中へ飛びこんだ。

土間と売場には、誰もいない。岩太は店へ上がりこんだ。

奥の方から、複数の呻き声が聞こえてくる。

そちらへ行ってみると、台所の板の間とそれに続く六畳間で、十数人の男女が藻掻《もが》き苦しんでいた。

引っ繰り返った朝食の膳と吐いたもので、足の踏み場もないひどい有様である。

状況からして、何者かが朝食に毒を仕込んだらしい。

「大丈夫か、しっかりしろ。今、医者を呼んでやるからなっ」

そう元気づけて、そこにあった庭下駄を突っかけた岩太は、勝手口から外へ飛び出した。

苦しんでいる人たちを介抱する前に、御用聞きとして確かめねばならないことがある。

裏庭に、淡い色の紫陽花《あじさい》が咲き誇っていた。

裏木戸《うらきど》へ行ってみると、桟《さん》が閉じられていて、そこから誰かが逃げた様子はない。

庭を見てまわったが、怪しい者が隠れてはいなかった。

となると、朝食に毒を入れたのは、内部の者の可能性が高い。

「——木曾屋さん、大丈夫ですか」

家の中で声がしたので、岩太は勝手口から台所へ戻った。

中年の町人が、その惨状に驚いておろおろしている。

「俺は、北の旦那から十手を預かっている岩太ってもんだ。お前、近所の者か」

「は、はい……隣の舛田屋《ますだや》の主人で、佐兵衛《さへえ》と申します、はい」

佐兵衛は、何度もお辞儀をする。

「食いものに毒が入っていたらしい。誰かに、医者を呼びにやらせてくれ。それから、苦しんでるみんなの、腹の中のものを吐かせるんだ」

手早く、岩太は指図《さしず》をした。

「おっと、鍋や釜には触るなよ。俺が今から封印するからな。掃除もしちゃならねえっ」

七

「岩太、よく手配《てくば》りした」

和泉京之介が、岩太を労《ねぎら》う。

近くの自身番の番太郎《ばんたろう》が八丁堀《はっちょうぼり》へ走り、伝言を聞いた京之介が、すぐさま木曾屋へ駆けつけてきたのだ。

「いえ。あっしは、御隠居様に仕込まれた通りにやっただけですから。へへへ」

照れて小鬢《こびん》を掻く、岩太である。

二人がいるのは、木曾屋の居間であった。

すでに正午過ぎである。

木曾屋は、主人の久右衛門《きゅうえもん》と女房のお定《さだ》、一人娘のお君《きみ》の三人家族だ。

奉公人は、番頭の八郎兵衛《はちろべえ》、手代の耕助《こうすけ》、そして丁稚小僧《でっちこぞう》たちと二人の女中、下男《げなん》を入れて、総勢で十二名だ。

その全員が、朝食を摂《と》っている最中に苦しみだしたのである。

舛田屋の小僧が呼んだ医者の佐久間了悦《さくまりょうえつ》が、集まった近所の人々を指図して、木曾屋の者に塩を溶かした水を大量に飲ませ、それを吐き出させた。現代で言うところの胃洗浄だ。

意外にも、千代松はまめまめしく働いていた。

それから、了悦は、容態の重い者から順番に診《み》ていったのである。

ほとんどの者は、胃を空っぽにして静かに横たわり、薬湯《やくとう》を服用すると、少しずつ回復してきた。

だが、四十代半ばの久右衛門は、未だに意識不明の重態である。

「どうも、ここの主人は、元々、病気がちで軀が弱っていたらしい。夕方までに気がつけば、何とかなるだろうが」

居間へやってきた了悦が、そう報告した。

「先生。何の毒か、わかりますか」

「あれは、紫陽花だよ。鍋に残った味噌汁を調べたら、青菜と一緒に細かく刻んだ紫陽花の葉が入っていた」

現代の研究では、紫陽花の葉には青酸配糖体が含まれているという。

青酸配糖体は、消化器の中で分離してシアン化水素が発生し、青酸中毒を引き起こすのだ。

症状は、頭痛、嘔吐、目眩《めまい》、発汗、錯乱、血圧低下、呼吸困難、昏睡、痙攣《けいれん》などで、最悪の場合、呼吸停止などで死に至る。

「紫陽花なら裏庭に咲いていましたが……あんなに綺麗な花が毒とはねえ。それで、その葉っぱは、石見銀山《いわみぎんざん》みたいに、味がしねえんですか」

石見銀山とは砒素《ひそ》の俗称で、殺鼠剤《さっそざい》として普通に販売されていた。

無味無臭無色だから、食物に混入されても、誰も気づかない。だからこそ、鼠も食べてしまうのだ。

「とんでもない」了悦は片手を振る。

「砒石《ひせき》と違って、あれだけ入っていれば、苦かっただろう」

それから、足りない薬を取ってくると言って、佐久間了悦は自分の家へ戻って行った。

「朝の味噌汁となると、やはり、外から入った者が毒を入れるのは難しいだろうな」

京之介がそう言うと、勘太も、うなずく。

「ええ。さっきも申し上げましたが、表は大木戸が下りているし、裏木戸も閉《し》まっていました。外から来た奴なら、逃げ出すことは出来なかったはずです。だから、下手人は店の中の者ってことになりますね」

「だがな、岩太。味噌汁は全員が飲んでいるんだぞ。一人でも飲まない奴がいれば、そいつが下手人と思えるが」

「すると、店の者もろとも無理心中を謀《はか》ったんでしょうかね」

とにかく、岩太を近所の聞きこみへ行かせて、京之介は、仏間で症状の軽い者から取り調べをすることにした。

「――お前が手代の耕助だな」

京之介が、例の表へ転げ出てきた若い男に訊く。

「はい……」

二十三、四の耕助は、蒼《あお》い顔でうなずいた。
商家《しょうか》の手代にしては、少し線が細いようだが、役者のような二枚目である。女性客が多い小間物商では、こんな優男《やさおとこ》が重宝されるのかも知れない。

「お前が一番、容態が軽かったようだが、何か心当たりがあるか」

「たぶん……味噌汁を一口しか飲んでいなかったからだと思います。みんなが苦しみだしたのを見て、驚いて助けを呼ぼうと表へ出たのですが……そこで目眩が起きて動けなくなりました」

「どうして、一口でやめたのだ」

紫陽花の葉のことは伏せて、京之介は訊いた。

「味が苦かったからです。それに、青菜とは違う別の葉みたいなものが入っていたので、気味が悪くなって」

「なるほど。味噌汁は誰が作るのだ」

「いつもは、下女《げじょ》のお稲《いね》さんとお辰《たつ》さんが二人で食事の用意をしますが、今日は、旦那様がお辰さんに煙草《たばこ》を買いに行かせたので、お稲さん一人で作ったはずです」

すると、味噌汁に紫陽花の葉を混入する機会が最も多かったのは、お稲ということになる。

しかし、一介《いっかい》の下女に、木曾屋の全員を毒殺するような動機があるのか。

そもそも、当のお稲も、紫陽花の葉を入れた味噌汁を飲んで、苦しんでいるのだ。

お稲の人となりを訊くと、耕助は、「お稲さんは無類の働き者で正直者で、旦那様も奥様も、大変に気に入っておられました」と言う。

「耕助。お前、味噌汁に毒を入れた者に心当たりはないか」

「と、とんでもない」

仰《の》けぞるようにして、耕助は言った。

「そんな恐ろしい者が、うちの奉公人の中にいるなんて、とても信じられません」

手代の次に呼ばれたのは、番頭の八郎兵衛である。

「この店では、主人一家と奉公人が一緒に朝飯を喰うのか」

「それは……旦那様のお考えで。昼は交代で摂りますが、朝と晩はみんなが顔を揃えて食べるのが本当だ――と申されまして。奉公人も家族同様というお考えで、まことに、ありがたいことです」

小心で堅実そうな顔立ちをした五十男の八郎兵衛は、大儀《たいぎ》そうに言った。まだ、具合が悪いのだろう。

「お前も、味噌汁を飲んだのだな」

「はい。何だか味がおかしいと思いましたが、旦那様が旨《うま》い旨いとお代わりまでされたので、番頭のわたくしとしては、文句をつけられません」

忠義者らしく、八郎兵衛は言った。

「見ていたら、手代の耕助が一口でやめたので、後で叱ってやろうと思っていましたら、みんなが次々に苦しみだして……それから先は、よく覚えておりません。なんだか、三途《さんず》の川が見えたような気がしました」

「了悦先生の話では、久右衛門以外は峠を越えたそうだ」

「え？」

八郎兵衛は、衝撃を受けたようであった。

「では、旦那様は……」

「夕方までに目が覚めれば、大丈夫らしい」

京之介は、少し婉曲《えんきょく》な表現をする。

「はあ……」

番頭という立場では当然のことだが、主人が危篤状態と聞かされて、八郎兵衛は激しく動揺していた。

「旦那様は軀の具合が思わしくなくて、ずっとやめていてた煙草を、今朝は、急に喫《す》いたくなったからお辰に買いに行かせろ——とおっしゃったので……本復《ほんぷく》なさったのだと奥様も喜んでおられましたのに……」

「なあ、八郎兵衛。店の中に、味噌汁に毒を入れるような者はないか」

「そんな馬鹿なことは……常々、こんなに働き甲斐のある店は他にないと、皆で申しておりました……世間から有徳人《うとくじん》と言われる旦那様にお仕えできて幸せだ、と……商いの方も順調ですし」

その時、岩太が戻ってきていた。

廊下から、何か言いたそうな顔つきでこちらを見ているので、京之介は、

「ご苦労だった。とりあえず、休んでくれ」

悄然《しょうぜん》とした八郎兵衛を追い出して、岩太を仏間に招き入れる。

「岩太。何か収穫があったらしいな」

「あったなんてもんじゃありませんや。楊弓場《ようきゅうじょう》なら、太鼓がどどんっどんっと鳴るような、命中大当たりで」

得意げに言う、岩太だ。

「焦《じ》らすなよ」

「この店の娘のお君と手代の耕助は、恋仲だそうです」

「何だと」

お君は十六歳で、浜町小町《はまちょうこまち》と言われるほどの器量好《よ》しである。

京之介は先ほど、寝こんでいる木曾屋の者たちを見てまわった。

お君は蒼ざめた顔で、額に脂汗《あぶらあせ》を浮かべて唸っていたが、それが艶《なま》めかしく感じるほどの大人びた美しさであった。

そして、耕助の方も、浜町の娘たちが騒ぐほどの美男子である。

美女と美男子が一つ屋根の下で暮らしているのだから、自然と互いにそういう感情が熟成されたとしても、不思議はない。

「本当も嘘も、近所で有名ですよ。勿論《もちろん》、この店の番頭も女房も知ってます。知らなかったのは、主人の久右衛門くらいでしょう。言えば反対されるのはわかってるから、娘のお君も黙ってたんですね」

「ふうむ……」

「さっき、裏庭の紫陽花を見てきましたが、千切ったことを悟られないように、裏っ側の葉だけ毟《むし》ったような痕跡がありました。毒はこの店の裏庭の紫陽花、お君と一緒になるのに邪魔な相手は久右衛門――こうなりゃあ、下手人は耕助で決まりですよ」

岩太は、張り切って言う。

「主人の久右衛門とお目付役の八郎兵衛が死んで、女房のお定だけになれば、耕助は、自分がお君の婿になれると思ったんでしょう。だけど、主人と番頭の椀にだけ毒を盛ったら、自分が下手人だとばれてしまいます。だから、味噌汁の鍋の方に、切り刻んだ紫陽花の葉を入れたんですよ」

「だが、耕助も味噌汁を飲んでるぞ。毒入りと知りながら、本人も飲んだのか」

京之介は反論した。

「少しだけ飲んで、大袈裟《おおげさ》に苦しんで見せたんですよ。今になって考えたら、わざわざ、あっしらの前に転げ出てきたのも、芝居がかってます」

「……………」

「了悦先生も、耕助が一番、容態が軽いとおっしゃったじゃありませんか」

「それにしても、自分で毒を入れておいて自分で飲んでみせるとは、凄い度胸だな。よほど場数《ばかず》を踏んだ悪党でも、平然とそれをするのは難しいだろうに」

京之介は、まだ納得しがたいようであった。

「浜町小町と大店の身代《しんだい》が自分のものになる大勝負とあれば、鴆毒《ちんどく》入りの味噌汁でも飲めるんじゃありませんか」

「——あのォ」

もっそりした声が廊下の方から聞こえたので、京之介たちは驚いた。見ると、いつの間にか、そこに千代松が立っている。

「びっくりしたぜ、この野郎。こんな時だけ、足音を立てずに近づきやがってっ」

岩太は声を荒げた。

「すんません」

ぺこり、と千代松は頭を下げて、

「ここの旦那が危ないんですか」

「まあ、そうだ」と京之介。

「夕方まで持ち直せば、何とかなるらしいが……それが、どうかしたのか」

「いや、その、あの八郎兵衛って番頭がね」

遠慮がちに、千代松は言う。

「浪華屋《なにわや》さんの番頭がいなくなったと聞いて心配していたら、うちの店でこんな大事件が起こるなんて——とか愚痴をこぼしてたんですよ」

「浪華屋の番頭……」

京之介は、訝しげな顔つきになる。

「何のことかと訊いてみたら、その番頭は籐吉《とうきち》って人で、四日前の夜から行方知れずになってるそうで。年齢の頃は四十一、二、その人相風体が——どうも、闇坂のホトケに似てるようなんですがねえ」

「本当かっ」

京之介と岩太は、同時に立ち上がっていた。

八

本郷二丁目にある〈浪華屋〉は小間物商で、主人は米三郎《よねさぶろう》という。

二挺《ちょう》の駕籠《かご》を飛ばして、和泉京之介と岩太は浪華屋に着いた。

浜町の木曾屋の方は、全員を外出禁止にした。

そして、古顔の御用聞きである灰汁抜《あくぬ》きの半次《はんじ》を呼んで、見張らせている。

こっそり店を抜け出そうとするような奴は、誰でもいいから縛れ——と京之介は半次に命じておいた。無論、耕助には千代松を見張りにつけてある。

木曾屋の事件の詮議《せんぎ》も大事だが、難航している闇坂の事件のホトケの身許がわかりそうなのだから、これは確認しなければならない。

「主人はいるか。北町の和泉様のお越しだ」

岩太が少々居丈高《いたけだか》に、手代の菊松《きくまつ》に告げる。

浪華屋の構えは、木曾屋よりも大きかった。

奉公人の数も、倍近いようだ。

「は、はい。しばらく、お待ちを――」

菊松は慌てて、奥へ引っこむ。

すぐに、菊松に支えられて、五十前の男が出てきた。歩行に乱れがあるのは、脚気《かっけ》のせいらしい。

「手前が、主人の米三郎でございます。どのような御用でございましょうか」

実直そうな顔立ちだが、同時に、遣手《やりて》の商人らしい強《したた》かさも備えているようであった。

「番頭の籐吉に会わせてくれ」

京之介が言った。単刀直入である。

「はあ……」

米三郎は、視線を逸らせた。

「どうした、いないのか」

「あ、はい……生憎《あいにく》、出ております」

「四日前の夜からか」

有無を言わせぬ呼吸で、京之介は斬りこんだ。

「それは……」

米三郎は絶句した。が、すぐに表情を改める。

「わかりました。何もかも、お話しいたしますので――どうぞ、お上がりください」

二人を奥の客間に案内すると、米三郎は畳に額を擦《こす》りつけるようにして、

「まことに申し訳もございません。たしかに、うちの番頭の籐吉は四日前の夜に、姿を消しております」

「おかしいじゃねえか」と岩太。

「それなら、なぜ、すぐに自身番か町奉行所に届け出なかったんだ」

「内々で、行方を捜しておりましたので……実は、帳簿と手文庫の中を調べ直し

ましたところ、あるはずの金が五十両、足りませんでした」

「五十両は大金だな」

京之介は眉をひそめた。

一両あれば、長屋の一家族が一月《ひとつき》は暮らせる。

そして、十両未満の盗みは、百日の過怠牢《かたいろう》と入墨で済むが、十両以上を盗めば死罪なのだ。俗に、「十両盗めば首が飛ぶ」といわれる所以である。

「籐吉は長年、この店を支えてくれた大事な奉公人でございます。一時の気の迷いで金を持ち出したとしても、出来ることなら見つけ出して、その非《ひ》を教え諭し、内済にするつもりでございました」

「……………」

京之介は無言で、畳についた米三郎の両手の太い指を見ていた。

「無論、浪華屋の暖簾に傷をつけたくない――という気持ちもございます。口《くち》幅《はば》ったいことを申し上げるようですが、奉公人の不始末については、他の店でも似たような対応をしているはずで」

「それで、四日前に、籐吉は、どんな風に消えたんだい」

岩太は尋ねる。

「はい。籐吉は連れ合いを三年前に亡くして、今は独り身でございます――」

身のまわりの世話をする者がいないと不便だろう――と、米三郎が店の敷地の中に小さな家を建ててやり、籐吉は、そこに住んでいた。掃除も洗濯も、店の女中が行う。

店を閉じて夕食を摂り、帳簿を主人の米三郎に見せてから、籐吉はその家に引き上げるのだ。

四十一歳の籐吉は、これといった道楽はしないが、時おり、浪華屋の近くの居酒屋〈百華《もも か》〉で軽く寝酒を引っかけるのが、唯一の楽しみだという。

四日前の夜も、下男の六助《ろくすけ》に裏木戸を開けさせて、外へ出て行った。

いつもなら四半刻《し はんとき》――三十分くらいで戻っている籐吉が、その夜はいつまでも戻ってこない。

六助は眠くなったので、籐吉が戻ったら自分で裏木戸に錠《じょう》を下ろすだろうと思い、横着《おうちゃく》なことに、そのまま寝てしまったのである。

ところが、朝になっても籐吉は戻らず、裏木戸も開いたままだった。

六助は驚いて、すぐに米三郎に報告したのだった……。

「勿論、六助をきつく叱りましたが、とにかく、すぐに手代の菊松を百華へ行かせました。寝ている主人を無理に起こして尋ねたのですが、何と、籐吉は前の晩は来ていない――という返事。それで、わたくしが改めて帳簿を調べましたところ、五十両の金が消えていることが発覚したわけです」

「籐吉の家も調べたのかい」

「ええ。調べてみましたが、金は見つかりませんでした」

「それで、自分たちで籐吉の行方を捜したというわけだな。木曾屋にも、訊きに行ったのか」

京之介の問いに、米三郎はうなずいた。

「同業ということもあり、木曾屋さんとは昵懇《じっこん》にしております。恥を忍んで事情を打ち明けて、どこかで籐吉を見かけたら報せてくださるように、お願いしました。でも……今は木曾屋さんも、それどころではないでしょう」

「ほう、今朝の騒ぎを知っているのか」

「はい……うちに出入りしている小間物の行商人が、報せてくれました」

米三郎は、もじもじしながら、

「ただの食中《しょくあた》りか何かなら、すぐさまお見舞いにゆくところですが……毒がどうこうという事件と聞きましたので、お調べの邪魔になってはと、お見舞いも遠慮していた次第でございます。全く、籐吉もどこへ行ったものやら……」

溜息をつく米三郎だ。

「籐吉が行ったのは、あの世らしい」

冷たい表情で京之介が、さらりと言う。

「ええっ」

米三郎は驚愕した。

「四日前の夜更け、麻布の闇坂で物盗りらしい奴に刺された。昨日までは自身番に置いていたのだが、この陽気だから、竜沢寺の無縁墓に葬った」

「……」

「四十くらいの中背で、がっしりした軀つきの奥目の男に心当たりはないか。殺しの現場の近くで目撃された奴で、籐吉殺しの下手人かも知れないんだが」

大事な点を幾つか伏せて、京之介は訊いた。

「さあ……わたくしには、心当たりはございませんが」

「では、今晩中に寺社奉行所の許しを得て、明日、墓を掘り返すから立ち合ってくれ。ホトケの首実検をしてもらう。明日、迎えを寄こすから、どこにも出かけないように」

「は、はい……」

上の空のような顔つきで、米三郎は、うなずく。

「でも、籐吉は、どうして人けのない闇坂なんかに……」

「それは、こちらが訊きたいことだ」

京之介は立ち上がって、

「六助と菊松に話を聞きたい。それと、籐吉の家を見せてくれ——」

九

「旦那。どうして、米三郎に厨子のことを訊かなかったんです？」

丼飯をかきこみながら、岩太が言った。

「おいおい、飯粒が飛んでるじゃないか。飯を喰うのか、話をするのか、どっちかにしろ」

箸で焼き魚を毟りながら、和泉京之介が苦笑する。

岩太と和泉京之介がいるのは、本郷の一膳飯屋《いちぜんめしや》の二階であった。

あれから——浪華屋の下男の六助と手代の菊松と会い、籐吉の家を調べてから、居酒屋の百華の親爺の話も聞いた。

百華から出ると、陽《ひ》は西の空に沈みかけている。

「いやに腹が減ると思ったら、昼を食べていなかったな」

「あっしもですよ。夜明けに、品川で雑炊を流しこんだだけで」

「少し早いが、晩飯にしよう」

というわけで、二人は手近な居酒屋に入ったのである。

勿論、ただ飯を喰うだけではなく、落ち着いて話をするためでもあった。

「あの厨子はな。藤助の墓を掘り返す前に、いきなり、米三郎に見せるつもりだ。俺は、その時のあいつの態度が見たい」

「なるほどね。さすが、旦那だ」

岩太は箸を振りまわして、感心する。

「藤助も首実検も同じで、下手人は留蔵だが、米三郎にも何か疚《やま》しいことがあれば、自然と顔に出るだろう」

「あっしも、その時の米三郎の面《つら》が楽しみだ」

「ところが、お前には、やってもらいたいことがある」

「はあ？」

岩太は、首を突き出した。

「仙助《せんすけ》や玉吉《たまきち》たち、手の空いてる下っ引《したぴき》を総動員して、浪華屋と木曾屋の内情を調べさせるんだ。特に、主人の米三郎に見張りを立てて、その素性を調べ上げろ。お前、米三郎の手を見たか」

「ええ。ごつごつしてましたね」

さすがに、京之介の右腕だけあって、見るべきところは、しっかりと見ている岩太だ。

「根っからの商人なら、あんな手にはならない。俺は、相手が警戒しないように、わざと生国も訊かなかったんだ。あいつは、何か重大なことを隠していると思う」

それから、京之介は昨日、お光の兄の佐吉から指摘されたことを説明して、

「俺は、その足で馬喰町《ばくろちょう》の旅籠《はたご》へ行って、富山の薬売りを捜しあてたよ」

その玄八《げんぱち》という売薬人は、三十過ぎの男だった。

去年までは、親方に付いていた若い衆――つまり助手で、一本立ちしたばかりだという。

「これはたしかに、わたくしどもの富山の売薬のおまけでございます」

京之介が渡した十六武蔵と道中双六を見て、玄八は即座に、断言した。

「これと似たものを今でも配っておりますから……それにしても古い。紅摺りでも、近頃は、もう少し仕上がりが小綺麗になっていますがねえ」

「どのくらい前のものだろう」

「五年や十年ではありませんね。この粗悪さは、たぶん……二十年くらい前のものでございましょう」

「どこの誰へ配ったものか、わかるか」

「それは無理ですね」玄八は苦笑いする。

「もし、これを配った売薬人が今も達者だったとしても、覚えてはいないと思います。一日で多い時は二十何軒、年に何千軒とまわって、それが毎年ですから」

「そうか」

手繰り寄せた貴重な糸が、途中で切れてしまったような気持ちの京之介だ。

「ただ、紅摺り物は、特に雪の多い田舎《いなか》の人に喜ばれます。縁起が良いし、見ているだけで暖かくなるんだそうで」

佐吉と同じようなことを言う、玄八だ。

「浅草寺や回向院の繁盛ぶりを見れば、江戸の方々も信心深いと思います。ですが、寒い国の山奥の人たちの信心深さというのは……これはもう、大変なものです。言葉は悪いですが、猿や熊しか棲めないようなところを、無理矢理に切り開いて村を作って暮らしてるわけですから」

豪雪地帯になると、家族が病気になっても、里へ下りて医者を呼ぶどころか、隣の家に行くことも難しくなるのだ。

「頼りになるのは病人の体力だけですが、小さい子などは本当に弱いですからね。そういう時は神仏にすがるしかありません。ですから、わたくしどものような売薬人が行くと、村をあげて歓迎してくれます」

「なるほどな」

たしかに、地方には、江戸生まれで江戸育ちの京之介には想像も出来ないような、苛酷な生活状況があるのだろう。

「中には、村の生娘《きむすめ》を差し出されたりして、翌年に行ってみたら、自分とそっくりの顔をした赤ん坊を見せられた——という笑い話もあるくらいで」

「それは、自分のことではないだろうな」

岩太の影響か、近頃はこういう軽口も叩けるようになった京之介である。

「いえ、とんでもございません」

慌てて、玄八は手を左右に振った。

「わたくしは堅物《かたぶつ》で通っておりますので。親方から、この稼業は銭勘定だけでやってるんじゃない、他人様の命に関わる稼業なんだから、身を慎め——と厳しく仕込まれました」

「良い親方を持ったな」

「ありがとうございます。わたくしも、そう思っております」

売薬人の玄八は、素直に頭を下げた……。

「——ふうん、薬売りのおまけですか」

岩太は感心した。

「たしかに、あの安っぽさじゃ、今時の江戸の子供は喜びませんね」

「だから、籐吉の生国を当たってくれ。どこかの寒村の出かも知れない」

「わかりました、任せてください」

早めの夕食を終えた二人が、駕籠で浜町の木曾屋に戻った頃には、もう陽が暮れていた。

「これは……」

店の土間に入った京之介は、線香のにおいに気づいて、岩太と顔を見合わせる。

「あ、お役人様――」

ふらふらと奥から出てきたのは、番頭の八郎兵衛であった。

「主人は、やっぱり……いけませんでした」

涙ながらにそう言って、八郎兵衛は、その場に蹲《うずくま》ってしまう。

十

寺社奉行から墓の掘り返しの許可が下りるのに、意外と時間がかかった。

竜沢寺の墓地の墓守《はかもり》が、無縁墓を掘り返し始めたのは、申《さる》の上刻《じょうこく》――午後四時過ぎである。

和泉京之介の脇には、浪華屋米三郎が不安げに立っていた。米三郎は杖をついている。

「お棺が出てきましたよ」

墓守の老爺は鍬《くわ》を脇に置いて、蓋《ふた》の上の土を払った。

「蓋を開けても、よろしゅうございますか」

「頼む」

こういう経験は何度もある京之介は、顔色も変えずに言った。無意識のうちに、息を止める。

「それ――」

老爺が蓋を取ると、何とも形容できぬ屍臭が周囲に広がった。

まるで芝居の効果音のように、どこかで鴉《からす》が鳴く。

「う……」

思わず袂で鼻と口を覆った米三郎は、変わり果てた死体を見て、蒼白になる。

「どうだ、番頭の藤助に間違いないか」

冷酷な口調で、京之介が畳みかけた。

「は、はい……間違いございません」

何度もうなずきながら、米三郎は言った。

「よし。埋め直してくれ」

「へい」

顔をしかめていた老爺が、座棺《ざかん》の蓋を閉じようとすると、

「ま、待ってくださいっ」

米三郎が止めた。

「どうした、浪華屋」

鋭く、京之介が問う。

「もう一度……今生《こんじょう》の別れですから、もう一度、籐吉の顔を見せてください……」

墓守の老爺が、京之介の顔を覗きこんだ。京之介は、無言で顎《あご》をしゃくる。老爺は再び、蓋を開いた。

米三郎は袂から数珠《じゅず》を出して、墓穴の縁に跪《ひざまず》く。

「籐吉……金が要《い》るなら、どうして、私に相談してくれなかった……長い付き合いじゃないか……本当に…本当に残念だ……どうか、成仏しておくれ」

涙ぐみながら、数珠を揉む米三郎だ。

京之介がうなずくと、老爺は蓋を閉じた。そして、その上に土をかける。

その間、米三郎は瞑目《めいもく》して、ひたすら数珠を揉んでいた。そして、立ち上がると膝の土を払う。

墓を埋め戻したのを見届けると、和泉京之介は、米三郎を連れて竜沢寺から出た。

「今日は店へ戻っていいが、外出は控えろ。よいな」

「はい……」

深々と頭を下げて、浪華屋米三郎は、待たせていた駕籠へ乗りこむ。

後棒と先棒が声を合わせて駕籠が走り出すと、山門の蔭から、ふらりと下っ引の玉吉が姿を現した。

「頼むぞ、玉吉」

京之介が短く命じると、

「へいっ」

鋳《い》掛《か》け屋が本業の玉吉は、張り切って駕籠の後を追った。

それから、京之介が宮村町の自身番へ戻ると、心得ている番太郎が、浄めの塩を肩にかけてくれた。そして、その塩を手で払う。

やはり、お光の袂で払ってもらった方が風情があるな——そんな他愛もないことを、京之介は考えていた。

そして、京之介が上がり框に腰を下ろすと、町役人が茶をいれてくれる。

(今ごろ、浜町の木曾屋では久右衛門の弔いの最中だな)

茶を飲みながら、京之介は考えた。

木曾屋の方は、灰汁抜きの半次に全てを任せているから、岩太は下っ引たちの陣頭指揮をとって、浪華屋と木曾屋を調べている。

（それにしても、浪華屋の態度は――）

竜沢寺へ行く前に、京之介はここで、米三郎に例の厨子を見せた。

「ずいぶんと古いものですが、これが何か」

怪訝な面持ちで、米三郎は、そう言った。

「殺された時、籐吉はこの厨子を運んでいた。そして、下手人は厨子の中の仏像を持ち去っている。何か、これについて思い当たることはないか」

「さあ、わたくしには見覚えがございませんので」

そのように答えた米三郎である。

そして、墓地では屍臭にも屈せずに、蓋を閉じるのを止めてまで、籐吉の顔を見つめていた。

身内や知り合いを殺した場合、犯人は、その顔に手拭いなどを載せる。罪悪感から、相手の死に顔を見るのが怖いからだ。

（米三郎が、殺しに関わりがあったら、籐吉の顔をまともに見ることは出来ないはずだが……）

それとも、同心の前で殊勝《しゅしょう》な態度を装うことが出来るほど、米三郎は肚《はら》の据わった大悪党なのか。

京之介は、さらに考えこむ。

「――旦那っ」

岩太が自身番へ駆けこんできたのは、暗くなってからであった。

「とんでもねえことが、わかりましたよっ」

気を利かせた町役人が、水を汲んだ湯呑みを差し出すと、岩太は一気に飲み干した。

「これを聞いたら、旦那、驚きますよ。心《しん》の臓《ぞう》が止まらねえように、気をしっかり持って聞いてください。いいですか、いいですね」

「無駄が多いぞ。早く、本題に入れ」

苦笑して、京之介は先を促す。

「籐吉が殺される二日前に、留蔵が浪華屋を訪ねてます」

「何だとっ」

心臓こそ止まらなかったが、さすがに京之介は驚いた。

「手代の菊松に向かって、『曲淵村《まがりぶちむら》の為蔵《ためぞう》が来たと旦那に伝えてくれ』と言ったそうです。菊松は番頭の籐吉にそれを伝え、とりあえず、籐吉は主人の米三郎に取り次ぎました――」

それを聞いた米三郎は一瞬、顔を強《こわ》ばらせたが、すぐに平静な態度に戻って、客間へ通すように――と申しつけたという。

それから、留蔵と米三郎は小声で何事か話し合っていたが、「また、寄らせてもらいますよ」という捨て台詞《ぜりふ》を残して、不満げな顔をした留蔵は帰って行った……。

「幾らか金を渡したらしい――と丁稚小僧の仲吉《ちゅうきち》は言ってました。あの野郎、留蔵の人相を聞いても、心当たりがない――とか抜かしやがって。すぐに、米三郎を引っくくりましょうっ」

「まあ、待て」と京之介。

「曲淵村か……川辺《かわべ》の村なのだろうが、どこにあるのかな」

奇《く》しくも、それは北町奉行の姓と同じであった。今の奉行は、曲淵甲斐守景漸《かいのかみかげつぐ》である。

「旦那。本日の演目《だしもの》は、これだけじゃありません」

岩太は得意げに、身を乗り出した。

「留蔵の奴、その同じ日に、木曾屋にも行ってますよ」

「それは本当かっ」

思わず、京之介は立ち上がっていた。

「ふらりと店の土間に入ってきて、番頭の八郎兵衛に、『俺は為蔵って者だが、旦那に会いたい』と言ったそうで——」

当然、八郎兵衛は、「主人は体調が思わしくなく寝こんでおりますので、ご用件は番頭の手前が承ります」と慇懃に断った。

すると、留蔵はにやりと笑って、「曲淵村の為蔵が来たと言えば、たとえ、棺《かん》桶《おけ》の中からでも飛び起きて、すぐに会ってくれるぜ」と言った……。

「で、留蔵の言う通りになったんです」と岩太。

「客間で、久右衛門と留蔵はひそひそと話をして、十両をもらった留蔵は、『じゃあ、また来るよ』と言って引き上げました」

「ふうむ」

「それから、久右衛門は番頭を通じて店の全員に、あの男のことは誰にも言うな——と厳命したそうです。もっとも、下女のお辰《たつ》は丸々と肥えていて、臀《しり》は重いが口は軽い……」

「冗談を言ってる場合じゃない」

京之介は少しの間、考えてから、きっぱりと言った。

「やはり――味噌汁に毒を入れたのは、主人の久右衛門だったんだな」

十一

「え、ええっ!?」

今度は、岩太が飛び上がった。

あまりの驚きに、手にしていた湯呑みを放り出しそうになる。

「そんな馬鹿な。人柄の良い有徳人と評判の久右衛門が、自分の女房と娘、そして奉公人まで皆殺しにしようとしたんですかっ」

「俺は最初から、手代の耕助が下手人ではないと思っていた――」

上がり框に座り直してから、京之介は言った。

「岩太。お前は、耕助がお君と夫婦になるのに邪魔な主人と番頭を殺すために、味噌汁に毒を入れたのだ――と言ったな」

「へい……」

「だが、自分が飲むふりをするのはともかく、お君だって味噌汁を口にするんだぞ。首尾良く久右衛門と八郎兵衛が死んだとしても、万一、お君まで毒死したらどうする。まるで、意味がないじゃないか」

「ですが……」

岩太は反論しようとしたが、具体的な意見を何も思いつかなかった。

「あの朝、久右衛門は、普段は喫わない煙草を、わざわざ、お辰に買いに行かせた。これで、台所にいるのは、お稲だけだ。そのお稲が後架《こうか》か何かへ行っている隙に、久右衛門は、味噌汁に紫陽花の葉を入れたんだろう。ひょっとしたら、お稲にも何か用事を言いつけたのかも知れない」

「……」

「極めつけは、誰もが味がおかしいと思った味噌汁を、久右衛門だけは旨い旨いと二杯も飲んだことだ。自分だけは、必ず死ぬつもりだったのだろう。そして、他の者も、主人に付き合って、仕方なく味噌汁を飲み干したわけだな。一口でやめたのは、耕助だけだ」

「しかし、旦那」

岩太は不満そうに、口を尖らせる。

「どうして、久右衛門は店もろとも無理心中しようとしたんです。商いも順調だったそうじゃありませんか」

「その答は、さっき、お前が自分で言ったよ」

京之介は静かに言った。

「留蔵が尋ねてきて、また来る——と言ったからだろう」

「つまり……」岩太は声をひそめた。

「強請《ゆす》りですか。久右衛門は留蔵に強請られてた、と」

「木曾屋久右衛門も、浪華屋米三郎も、留蔵と為蔵に強請られていたんだ。しかも、それが明るみに出たら一家が破滅するような、何か途轍《とてつ》もなく重大な理由で……」

眉間に縦皺を刻みながら、京之介は言う。

「だから、その前に、久右衛門は無理心中する気になったのだろう。奉公人を家族同様に思っていたからこそ、道連れにする気になったのだな」

「旦那、ひょっとして……」

ごくり、と岩太は生唾《なまつば》を呑む。

「浪華屋と木曾屋は、御法度《ごはっと》の切支丹《キリシタン》なんじゃ？」

「……」

「厨子の中にあったのは、仏像なんかじゃなくて、邪宗門《じゃしゅうもん》の神像じゃありませんか。そいつを強請りの種にするために、留蔵は籐吉を殺して、神像を奪ったんですよ」

「――俺も今、それを考えていた」

京之介は、射るような鋭い眼差しを、岩太に向ける。

「隠れ切支丹だとすると、全ての事件の辻褄《つじつま》が合うからな」

切支丹とは、キリスト教徒のことである。

戦国時代に日本に伝えられたキリスト教は、一時は信徒数七十五万にまで膨れ上がったが、その強烈な排他性と欧州の侵略の尖兵であることが、次第に知れ渡ってきた。

豊臣秀吉は、天正《てんしょう》十五年に伴天連《バテレン》追放令を発布。徳川家康と秀忠は、慶長《けいちょう》十八年に全国の教会堂を取り壊し、信徒には棄教を命じた。

そして、三代将軍家光は苛酷な切支丹狩りを実施し、ポルトガルとの国交を断絶した。

さらに、寛永《かんえい》十七年、井上筑後守政重《いのうえちくごのかみまさしげ》を宗門改役《あらためやく》に任命。これが、いわゆる〈切支丹奉行〉だ。

宗門人別帳が作成されて、日本中の人々は必ずどこかの寺の檀家となり、切支丹ではないことを証明させられた。

それでも切支丹たちは隠れて生き延びていたが、元和《げんな》八年——長崎奉行は、切支丹信徒とその関係者五十五人を処刑した。

これを、〈元和の大殉教〉と呼ぶ。

そして、これ以降、大きな摘発事件は起きていない……。

「じゃあ、早速、お奉行様に報告して、宗門改役にも連絡して、捕方《とりかた》を出してもらおうじゃありませんか。ぐずぐずしてると、あいつら風をくらって逃げちまいますよっ」

その場で足踏みするほど、岩太は興奮していた。

「何しろ、火を吐くわ、子供の生き血を搾り取るわ、とんでもない妖術を使うって話ですからねえ」

あまりにも長く実際の切支丹を見たことがなかったために、この十代将軍の頃の庶民には、切支丹は妖怪魔物のような存在と思われていた。

「まあ、落ち着け」

京之介は、町役人に例の厨子を持ってこさせる。

その厨子を、前から後ろから底部までも、じっくりと観察した。

「岩太、これを見てみろ」

「へい？　これが何か……」

厨子を受け取った岩太は、首をひねる。

「隠れ切支丹は、刀の鐔《つば》や簪《かんざし》の透《す》かし模様、茶碗、石灯籠などに巧みに十字架を隠しておくという。顔を知らない切支丹同士であっても、その隠し十字架を互いに見せて、仲間であることを確認するわけだな」

「なるほど、抜荷《ぬけに》の商人が使う割《わ》り符《ふ》みてえなもんですね」

「もし、この厨子が切支丹の神像を納めるものなら、必ず、十字架が隠されているはずだ。だが、いくら捜しても、どこにも十字架を思わせるものはない」

理路整然と京之介は説明した。

「したがって、今のところ、浪華屋や木曾屋が隠れ切支丹だという実際の証拠はない。あるのは、俺たちの憶測だけだ。憶測で騒ぎを起こして、お奉行に迷惑をかけるわけにはいかんぞ」

「はあ……」

岩太は何となく、うなずいてしまう。

「お前たちにも、念のために申し渡しておく――」

京之介は、自身番に詰めていた町役人たちと番太郎に向かって、強い口調で言った。

「今、ここで話した切支丹絡みのことは、絶対に他言してはならん。もしも、少しでも他言したら、後々、関わり合いになるぞ、わかったか」

「はいっ、はいっ」

町役人たちと番太郎は、米搗《こめつ》き飛蝗《ばった》のように平身低頭する。いつもの京之介には似ず、珍しく脅しつけるような物言いに、

（そうか……）

岩太は、ようやく気づいた。

隠れ切支丹は、公儀への謀反に並ぶ重罪である。場合によっては、一族郎党までも火焙《ひあぶ》りになるのだ。

切支丹だという疑いを受けただけで、そういう噂が立っただけで、店は潰れるし、娘は嫁にも行けなくなる。

だから、浪華屋たちが切支丹だという確実な証拠が見つかるまでは、京之介は、上司に報告したくないのであろう。

（うちの旦那は、優しいからなあ）

思わず岩太が頬を緩めると、京之介が振り向いて、

「何だ、岩太。にやにやして、気味の悪い奴だな」

「気味の悪い奴とは御挨拶ですね。あっしは、ただ…」

その時、いきなり、がらっと自身番の腰高障子が引き開けられた。

「京之介様、京之介様はいらっしゃいますかっ」

血相を変えて飛びこんできたのは、何と、橘屋の看板娘・お光である。

「どうした、お光っ」

京之介も、何事が起きたのか――と、顔色を変えた。

「あたし、あたし……どうしましょうっ」

取り乱したお光は、京之介の厚い胸に飛びこんだ。

開け放した出入り口からは、お光を乗せてきた駕籠の後棒と先棒が、興味深げに覗きこんでいる。

「お、おい……」

十七娘の肩を抱いてやった京之介は、ふと、周囲を見まわす。

岩太も町役人たちも急いで、天井の隅や自分の指の爪など、あらぬ方向に視線

を向けると、何も聞こえていないふりをした。

「馬鹿っ、誤解するな。これは痴話喧嘩《ちわげんか》ではないっ」

岩太たちを一喝《いっかつ》してから、京之介は、お光の顔を上向かせて、

「しっかりしろ、お光。何か、事件なのか。ゆっくりで良いから、俺に話してみろ」

「は、はい……」

京之介に見つめられて、お光は、ようやく落ち着きを取り戻したらしい。

「あの……奈良屋の坊ちゃんが拐《かどわ》かされました。あたしのせいなんです、きっとっ」

十二

およそ半刻――一時間ばかり前のこと。

表の大きな看板提灯をつけたお光が、店の中へ戻ってみると、

「あら？」

隅の縁台の上に、折り畳んだ紙が置いてあった。

風で飛ばないように、重石代わりに、小石が上に載せてある。

お光がその手紙を開いてみると、金釘流《かなくぎりゅう》の下手《へた》くそな字で、「くろふね町なら屋へ」という書き出しの手紙である。

「何かしら……」

最後まで目を通したお光は、蒼白になって、奥へと駆けこんだ。

主人の彦兵衛《ひこべえ》にその手紙を見せると、彦兵衛もまた、顔色を変える。

「旦那さん。どうしたら、いいでしょう」

お光は、おろおろして、

「きっと、あの男の仕業《しわざ》です。この前、奈良屋さんのあとを尾行て行った男……あたしがすぐに、京之介様にお話ししていれば……」

「落ち着きなさい、お光」

「あたし、麻布へ行ってきます。今日は、麻布の宮村町の自身番にいる――とおっしゃってました。京之介様に、この文《ふみ》を見せて…」

「待て、お光」

彦兵衛は強い口調で言う。

「お前が見た男が。この文を置いて行ったのなら、どこかでこの店を見張っているかも知れない。お前が町方の旦那のところへ文を持っていったと知れば、大変なことになるだろう。迂闊《うかつ》なことは、するな」

さすが年の功で、彦兵衛の読みは深かった。

「では、どうすれば……」

「この文は、わしが奈良屋へ持っていく。その前に、お楽《らく》を〈駕籠勢《かごせい》〉へやって、そっと裏に駕籠をまわすようにしておく。わしが出て、しばらく様子を見てから、お前は駕籠で麻布に行くのだ」

「は、はい」

「矢立《やたて》を出してくれ。今、この文の写しを大急ぎで作るから」

――こうして、彦兵衛は本物の手紙を懐に入れると、店の表へ出てから、

「いいか、お光。わしが黒船町から帰るまで、絶対に店から出てはいかんぞ。いいな」

わざと大声で言うと、足早に浅草橋の方へ歩き出した。

駕籠屋から戻っていたお楽は、外の提灯の様子を見るふりをして、周囲の様子を窺う。

それから、店へ戻って、お光に合図した。

　お光は無言でうなずいて、裏口から路地へ出た。

　顔見知りの駕籠舁《か》きが二人、そこで駕籠と一緒に待っている。

「お願いします」

　小声で言ってから、お光は駕籠に乗りこんだ。

　わざと掛け声はかけずに、駕籠は路地から路地へと通って、表通りに出ると、麻布を目指して駆け出す……。

「これが、その文の写しか」

　和泉京之介は、写しを一読して、顔を強ばらせる。

　孫の正吉を預かった、亥《い》の中刻《ちゅうこく》、鎌倉町《かまくらちょう》の御宿稲荷《みしゅくいなり》に三千両を持ってこい、町方に報せたら、正吉は殺す――という内容だが、平仮名ばかりで、漢字も間違いが多かった。だが、最後に「為」とある。

「為……奈良屋は小間物商だったな。すると、これは、為蔵のことか」

　京之介は、お光の方を見て、

「二日前に、奈良屋たちを尾行ていった男の風体を、もう一度、教えてくれ」

「はい――」

　お光は思い出せる限りのことを、出来るだけ詳しく説明した。

「間違いありません、そいつは留蔵ですよっ」

岩太が脇から言う。

「留蔵の為蔵は、浪華屋、木曾屋だけじゃなくて、奈良屋まで強請ってたんですかね。するってえと、奈良屋も隠れ切…おっとっと」

慌てて、岩太は自分の口を両手で押さえる。

「だが、浪華屋の番頭の籐吉を殺したので、もう強請りはできなくなった……だから、最後の一稼ぎのつもりで、正吉をさらったのだろうな」

京之介は、自分に言い聞かせるように言う。

それから、お光の肩に手を置いて、

「よく知らせてくれた。これで、手配りができる。ありがとう」

「でも、あたし……二日前に、京之介様に為蔵という人のことを、お話ししていれば……」

お光は、力なく俯《うつむ》いてしまう。

「二日前のお前は、こんな事が起きるとは予想もしていなかったのだ。だから、お前のせいではない、気にするな。正吉のことは、俺たちが何とかするから」

「……」

「人間は神や仏でないのだから、出来ることと出来ないことがある。過ぎたことを悔やみ続けるより、前を向いて歩け——と偉そうなことを言ったが、これは父上の受け売りだ」

京之介は笑顔を見せた。

「はい……」

顔を上げたお光は、少しだけ笑みを浮かべた。

(駕籠の中で、ずっと正吉の心配をしていたのだろう。だから、飛びこんできた時、あんなに取り乱していたのだ。何と優しい心根《こころね》の娘だろう……)

京之介は、胸の中が熱い何かでいっぱいになるのを感じた。だが、すぐに表情を引き締めて、

「さあ、橘屋へ戻るんだ。今夜は長屋に帰らずに、彦兵衛と一緒にいるのだぞ」

外で待っていた駕籠勢の二人に、京之介は紙に包んだ酒代《さかて》を渡す。

「いえ、もう橘屋さんからいただいておりますんで」

「いや、これは俺の気持ちだ。明るい通りを選んで、しっかりと送り届けてやってくれ。頼むぞ」

「ありがとうございます」

「任せてくださいっ」

後棒と先棒は、頭を下げた。

まだ何か言いたげだったお光を乗せた駕籠が、遠ざかってゆく。それを見送った京之介は、自身番の中へ戻った。

「旦那、奈良屋へ乗りこむんですねっ」

岩太は張り切った。

「勿論だ」と京之介。

「ただし、こっそりとな――」

十三

「お、玉吉じゃねえか。おめえ、ここで何をしている」

岩太が、小声で言った。

「親分、旦那……どうして、ここへ？」

浅草の池《ち》中山正覚寺《ちゅうさんしょうがくじ》に隣接する黒船町――そこは、小間物商〈奈良屋〉が見える路地の入口であった。

蔵前通りに面した奈良屋は、浪華屋と同規模の店である。その構えからして、三千両の身代金を払うことは無理ではないようだ。

玉吉は、岩太と和泉京之介に会釈してから、

「あの店にいるんですよ、浪華屋の主人が」

「本当かっ」

思わず、京之介は身を乗り出した。

店の大戸は閉じているが、その脇に駕籠が一挺、置かれていた。

二人の駕籠舁きは、轅《ながえ》に寄りかかって、のんびりと話をしている。

夜更けだが、吉原《よしわら》遊廓へも通じている蔵前通りなので、行き交う者は多かった。

「あの駕籠に、浪華屋米三郎は乗ってきたのか」

「へい。四半刻ほど前ですが」

駕籠の方から目を離さずに、玉吉は言う。

「旦那。やっぱり、奈良屋と浪華屋は知り合いだったんですね」

「うむ。留蔵の奴に、木曾屋も含めた三人が強請られていたのだろう」

「じゃあ、踏みこんで、二人とも締め上げますかっ」

腕まくりする岩太に、京之介が、

「待て。このあたりで、留蔵の仲間が見張っているかも知れない。俺たちが奈良屋に乗りこむところを見られたら、子供の命が危険だ」

「野郎に仲間がいますかね。千代松ですら見捨てた奴に」

「子供をさらって、身代金を三千両も運ぶ——これは、一人では無理だろう」

小判を詰めた千両箱は、一つが三十キロほどもある。三千両なら箱が三つだから、九十キロだ。大八車《だいはちぐるま》でも使わないと運べない。

「留蔵は、すぐに匕首を抜く狂犬のような奴だ。しかし、脅迫状を直《じか》に奈良屋に投げこむのではなく、吉兵衛が立ち寄る茶屋に置いた小細工からして、意外と知恵のまわる野郎らしい」

「なるほどねえ」

「だから、俺たちも奈良屋を見張っている奴がいる——という前提で動いた方が良い」

その時、玉吉が片手を上げて、

「親分、潜り戸が開きましたっ」

「何っ」

京之介たちは、奈良屋の方を見つめる。

潜り戸から出てきたのは、杖をついた浪華屋米三郎だった。手代の新六が、手を貸している。

米三郎が駕籠に乗りこむと、京之介が、

「ご苦労だが頼むぞ、玉吉」

「へいっ」

玉吉は路地からするりと出て、積み上げた天水桶《てんすいおけ》の蔭に立った。

駕籠が走り出すと、程よい距離を置いて、あとを尾行る。

米三郎の駕籠が遠ざかるまで、新六は見送っていた。そして、潜り戸から店へ戻る。

「どうします、旦那」

焦れたように、岩太が言う。

「見張りの目を盗んで、どうやって奈良屋へ入りますか」

「うむ……」

奈良屋の両側に、路地がある。路地の奥には、奈良屋の脇木戸か裏木戸があるはずだ。

しかし、その路地に留蔵の仲間が潜んでいたら、京之介たちが奈良屋に入るのを見られてしまう。

何とか、見張りに「見られないように」するためには……。

「岩太」京之介は言った。

「ちょっと耳を貸せ」

何事か、岩太に指図すると、

「旦那には驚いたね、どうも」

目を丸くして、主人の知恵を称賛する岩太だ。

「無駄口を叩いている暇はないぞ」

「へい、へいっ」

岩太は、路地の奥へと駆け去った。

一人で残った京之介は、奈良屋の入口を見張っていると、

（お光は無事に橘屋へ帰ったかな……俺の言いつけ通りに、彦兵衛と一緒にいるだろうか）

どうしても、そんなことを心配してしまう。

が、軽く頭を振って、京之介は考えを切り替えた。大事な役目の最中なのだ。

（浪華屋米三郎は、奈良屋吉兵衛と四半刻の間、何を話していたのか……拐かし

のことは、吉兵衛から聞いたと思うが……）

ここへ来る途中に、森田町の自身番で聞いたところによると――奈良屋吉兵衛は播州《ばんしゅう》の出で、十数年前に黒船町で店を開いたらしい。

吉兵衛の連れ合いは、かなり前に亡くなっているという。

子供は息子一人で、その嘉平《かへい》はお順《じゅん》という嫁をもらい、四年前に男の子が生まれた。

その子は、祖父の一字をとって、正吉と名づけられたのである。

その宝珠《ほうじゅ》にも等しい正吉を誘拐されて、母親のお順も祖父の吉兵衛も、心配と不安で胸が張り裂けそうになっていることだろう。

「――旦那、お待たせしました」

岩太が、自身番の番太郎を連れて、戻ってきた。番太郎は、二つの風呂敷包みをかかえている。

「お、早かったな」

「周助《しゅうすけ》さんが、手際よく揃えてくれましたんで」

番太郎の方を振り向いて、岩太が言う。四十五、六の小柄な男であった。

「こんな古着で、お役に立ちますかどうか」

周助が開いた風呂敷包みには、荷揚げ人足《にんそく》が着るような継ぎ当てだらけの袖無《そでな》し半纏《はんてん》や、濃紺の川並《かわなみ》などが入っていた。

「よし、着替えるぞ。急げっ」

「へいっ」

京之介と岩太は、手早く人足の格好になる。

大刀と脇差、十手などは、周助に預けた。

岩太は、捕縄だけ持つことにする。

京之介の銀杏髷《いちょうまげ》を結い直している暇はないから、手拭いで頬被りをして隠した。

「大八車は」

「半町ばかり先の空地に、置いてあります」

岩太が答えると、京之介は周助に、

「すまんが、俺たちが戻ってくるまで、ここで奈良屋を見張っていてくれ」

「はいっ」

緊張した顔で、番太郎の周助はうなずく。

京之介と岩太は、路地の奥へ駆け去った。

残った周助は、家の羽目板《はめいた》にかじりつくようにして、首だけ伸ばして奈良屋を見張る。

十四

しばらくしてから――がらがらと音を立てて、蔵前通りを大八車が近づいてきた。

前で牽《ひ》いているのが岩太、後ろから押しているのが和泉京之介だ。

奈良屋の前で大八車を止めると、人足の格好をした京之介が、潜り戸を叩く。

「夜分、すみません。浪華屋さんに頼まれて、参りました」

見張りに見られないように、奈良屋へ入るのではない。見られても良いように変装をして、堂々と入るという京之介の策であった。

「――浪華屋さんだって？」

戸惑いながら、潜り戸を開けたのは、手代の新六であった。

「北町の和泉京之介だ。事情はわかってる。黙って、中へ入れろ」

京之介は、押し殺した声で言った。

「っ⁉」

愕然《がくぜん》として声も出ない新六を、押しのけるようにして、

「はい、はい。中で待てばいいんですね。おい、相棒。中だとよ」

「へぇーい」

岩太が間の抜けた声で、返事をした。

二人で土間へ入り、岩太が潜り戸を閉める。

京之介は、さっと手拭いを取って、

「留蔵……いや、為蔵の仲間が店を見張っているかも知れないから、こんな変装をしてきたのだ。身代金の三千両は、表の大八車で運ぶ。主人に会わせてもらおうか」

「ですが……」

なおもためらう新六に、京之介は冷たい視線を向ける。

忠義も時と場合によりけりで、今は正吉のために臨機応変に対応しなければならないのが、この若い手代にはわからないのだろう。

「岩太、ここにいてくれ。この手代が余計なことをしようとしたら、縛って良い」

「へいっ」

岩太がうなずくと、草鞋《わらじ》を脱いだ京之介は、勝手に売場へ上がった。店の奥へ向かう。

新六は何か言いかけたが、岩太に一睨《ひとにら》みされると、下向いて沈黙した。

「誰だっ」

いきなり、居間の入口に人足姿の男が立ったので、そこにいた吉兵衛たちは驚いた。

「安心しろ。北町奉行所定町廻り同心の和泉京之介だ。拐かしのことは、おおよそ承知している」

「え……」

吉兵衛は、息子の嘉平や嫁のお順と顔を見合わせた。吉兵衛の脇に控えている中年男は、番頭の清七《せいしち》だろう。

彼らの驚愕と困惑に構わず、京之介は座敷へ入って、吉兵衛の前に座った。

「俺がこんな格好をしているのは、為蔵の仲間が店の出入りを見張っている場合に備えてだ」

「え……この店は見張られているのでございますかっ」

若旦那の嘉平が言った。

「そう思って行動した方が良いだろう。子供の身の安全の為にも、な」

「お役人様、ありがとうございますっ」

嫁のお順は、両手を合わせて伏し拝んだ。

京之介の気遣いが、母親として心底、嬉しかったのである。

「では、わしは奈良屋と大事な話がある。みんな、退がってくれ」

「はい……」

お順、清七は、居間から出て行った。

嘉平は残りたそうな様子だったが、吉兵衛に目で合図をされて、仕方なく出てゆく。

「さて、奈良屋――」

先ほどから黙りこんでいる吉兵衛に、京之介は言った。

「お前と浪華屋米三郎、木曾屋久右衛門が、留蔵こと為蔵という男に強請られていた理由《わけ》を、話してもらおうか」

「………」

頰を痙攣させて、吉兵衛は俯いた。

「為蔵に殺された浪華屋の番頭の籐吉が持っていた厨子に、何か関係のあることか」

「………」

「木曾屋久右衛門を妻子や奉公人との無理心中にまで追いこんだ秘密とは、何だ」

「えっ」

吉兵衛は顔を上げた。

「食べ物に毒を入れたのは手代という噂でしたが、木曾屋さんだったのですか。何ということを……」

「誰もが味がおかしいと思った味噌汁を、木曾屋は旨いと言って二杯も飲んだそうだ。自分だけは、確実に死ぬつもりだったのだろう」

「………」

なおも沈黙した吉兵衛を見ているうちに、ふと、京之介は思いついたことがあった。

「奈良屋。お前の生国は播磨国《はりまのくに》だそうだな」

「はい――」

落ち着いた声で、吉兵衛は言う。

生国の播磨について何か訊かれても、あらかじめ答えを用意してある――と京之介は見てとった。

「播磨ではなく、越中の曲淵村ではないのか」

京之介が斬りこむと、

「ああ、あ――っ！」

突然、吉兵衛は両手で顔をおおって、絶望的な叫び声を上げた。喉の奥から絞り出すような声であった。

売薬人の玄八の話から思いついた山勘《やまかん》だが、どうやら図星《ずぼし》であったらしい。

「父さん、どうしたんですっ」

「大旦那様っ」

慌てて、嘉平と清七が駆けつけてくる。

「来るなっ」

吉兵衛は怒鳴りつけた。

「わしが呼ぶまで、誰も近づくなっ」

息子と番頭が別の座敷に退がるのを待ってから、吉兵衛は両手をついた。

「お役人様、畏《おそ》れ入りました」

「うむ」

「わたくしは覚悟を決めました。何もかも、お話しします。ですが――」

吉兵衛は、必死の形相で言った。

「今は正吉のことを案じて、頭がどうにかなりそうなのでございます……何とぞ、孫が無事に戻るまで、お待ちいただけませんか」

「正吉が無事に戻れば、全てを話すと約束するのだな」

京之介は、吉兵衛の目をまっすぐに見る。

「はい、神仏に誓ってっ」

「――いいだろう、俺も子供のことが心配だ」

肩から力を抜いて、京之介は言う。

「ありがとうございます、ありがとうございますっ」

吉兵衛は平伏して、老いた背中を震わせるのだった。

十五

神田鎌倉町の御宿稲荷は、徳川幕府の初代将軍である家康が江戸を開いた時からあるという古い神社だ。

その赤い鳥居の前に、奈良屋吉兵衛と大八車が止まったのは、亥の中刻――午後十一時の少し前である。

深夜だから、通りには他に人影はない。

「ふう」

「やれやれ」

人足に化けた和泉京之介と岩太は、手拭いで汗をふいて一息入れる風を装った。

もっとも、浅草の黒船町からここまで三つの千両箱を運んできたのだから、疲れているのは本当だ。

吉兵衛は落ち着かない眼差しで、周囲を見まわす。

「正吉の姿はないようだが……」

「旦那、きっと大丈夫ですよ」

岩太が人足らしい態度で、吉兵衛に言った。

「はあ」

うなずいた吉兵衛だが、じっとしていられないらしく、稲荷の社《やしろ》の方を向いて手を合わせた。

柏手《かしわで》は打たずに、深く礼をして孫の無事を祈る。

その時——社の向こうから、白い何かが飛んできた。

それは、緩やかな放物線を描いて、京之介の足元に落ちる。

「むっ」

それは、小石を紙で包みこんだものであった。その紙には、何か字が書いてある。

「旦那——」

京之介は、それを自分では広げずに、吉兵衛に渡す。普通の人足なら、それが自然だと考えたからだ。

吉兵衛は、藻掻くような指の動きで紙を広げると、常夜燈の明かりで、その文面に目を通した。

「竜閑橋《りゅうかんばし》……？」

当惑した吉兵衛は、その紙を京之介に見せた。岩太も、脇から覗きこむ。

三千両はりゅうかん橋へ運べ、為——と書いてある。最初の脅迫状と同じ、下手くそな字であった。

「やはり、抜け目のない奴だな。この神社のまわりに捕方が張りこんでいる場合を考えて、取引場所を移したんだ」

「どうします、旦那」

「ここは、相手の指図通りに動くしかない」

小声で、話し合う二人である。

「お願いします、お役人様」

吉兵衛は、つい、そう言って頭を下げてしまう。

「よし、行こう」

がらがらと深夜の街に車輪の音を響かせて、大八車は、通りを東へ向かった。

四辻を右へ折れて、少し先の広い河岸に出る。

江戸城の外濠《そとぼり》、その北側に面した〈鎌倉河岸《がし》〉だ。

かつて、江戸城の築城の時に、相模国《さがみのくに》の鎌倉から船で運ばれた石材を、この河岸で荷揚げしたことから、鎌倉河岸と呼ばれるようになったという。

その鎌倉河岸を左へ行った先にあるのが、竜閑橋だ。

外濠の水が神田堀へ流れこむ、その堀口に架《か》けられた橋である。

半月に照らし出された橋の上にも、その近くにも、人の姿は見えない。

「――おいっ」

石垣の下、水面の方から声がした。

見ると、竜閑橋の脇に桟橋があり、そこに猪牙舟《ちょきぶね》が停まっている。

舟には、二人の男と小さな子供が乗っていた。

「正吉っ」

吉兵衛が石段を駆け下りようとすると、

「馬鹿野郎、金が先だ」

桟橋に降りた奥目の男が言った。留蔵こと為蔵である。

そして、舟の男は正吉を抱えこんでいた。京之介の読み通り、為蔵に仲間がいたのだった。

これまでの気配りは無駄ではないと知った京之介たちだが、これで、正吉の奪回はさらに難しくなったわけだ。

「おい、そこの人足。千両箱を舟に運びこめ。下手な真似をしやがると、餓鬼を濠に叩きこむぞっ」

泳げない幼児が、着衣のままで水の中へ放りこまれたら、着物が水を吸って四肢に絡みつき、間違いなく溺れてしまう。

真夜中だから、正吉が堀の底に沈んだら、飛びこんで助けようとしても、見つけることは非常に難しい。

狂犬と呼ばれるにふさわしい、為蔵の恫喝《どうかつ》であった。

「わかった。言う通りにするから、正吉には手を出さないでくれ」

吉兵衛は、為蔵に手を合わせて哀願した。

それから、京之介たちに、

「頼みます、頼みますっ」

何度も頭を下げた。

「へい」

京之介は、岩太に目で合図をすると、千両箱を大八車に固定していた縄を解く。

一つ目の箱を京之介が担ぎ、二つ目の箱を岩太が担いだ。この順番なら、最後の千両箱は京之介が担ぐことになる。

金を渡したからといって、狡猾《こうかつ》な為蔵が素直に正吉を返すとは限らない。

(三つ目の箱を舟に積んだ時が、勝負だ)

その京之介の覚悟が、口には出さなくても伝わっているから、岩太も緊張しきった顔つきになっている。

「……………」

為蔵は、桟橋と石段の間の狭い河原で、京之介たちの動きを監視していた。

右手を懐に突っこんでいるのは、いつでも匕首を抜けるように、柄に手をかけているのだろう。

ぎしっ、きしっと軋《きし》む桟橋を渡って、京之介は、猪牙舟の胴の間に千両箱を置いた。

正吉は泣きつかれたのか、眠いのか、ぐったりとしている。

その正吉を羽交い締めにしているのは、馬面《うまづら》の若いごろつきだった。千両箱を見て、ぎらぎらと眼を光らせている。

（こいつは、御《ぎょ》しやすそうだが）

二つ目の千両箱を運んできた岩太と擦れ違って、石段を上がろうとした京之介は、

「……？」

ふと、人の気配を感じた。

この場の六人以外に、どこかに誰かがいるような気がする。

反射的に周囲を見まわそうとした京之介は、意志の力で、それを抑えた。

（駄目だ、何も気づかないふりをしないと……）

京之介は、胸の鼓動が早くなるのを感じた。

為蔵に別の仲間がいて、そいつが姿を見せずに見張っているとなると、馬面の

男に手を出すのが、さらに困難になる。

(俺の気のせいではないか……こんな粗暴な奴が、そこまで知恵がまわるのか……)

だが、八歳の頃から朋山流剣術道場に通って磨いた剣術者としての京之介の勘《かん》が、七人目の人間の存在を確かに感じているのだ。

最後の千両箱を担いだ京之介が、石段を下りる。

桟橋の手前で、岩太が待っていた。

彼がそこに居続けるのは不自然だから、京之介は、石垣の上へ上がるように目で促した。

仕方なく、岩太は京之介と擦れ違って、石段を上ってゆく。

そんな岩太の背中を睨みつけてから、為蔵は、三つ目の千両箱を注視した。

京之介は、その千両箱を、ゆっくりと猪牙舟に乗せる。

「金は渡した。さあ、正吉を返してくれっ」

石垣の上から、吉兵衛が叫ぶ。

京之介は、馬面の男の方を見た。男は、為蔵の方を見る。

「安《やす》、返してやれ」

為蔵が、投げやりな口調で言った。

「おう」

安と呼ばれた馬面の男は、京之介に向かって正吉を差し出した。

幼児を受け取った京之介が、桟橋を引き返す。ほっとして、腋《わき》の下に汗が流れ出した。

「吉兵衛…いや、市兵衛《いちべえ》。てめえも脛《すね》に傷のある身だ。餓鬼は返してやるから、三千両は俺様への御布施《おふせ》だと思って、諦めろ。はっはっは」

為蔵は上機嫌で、せせら笑う。

京之介が、その為蔵の脇を通り抜けようとした、その時――竜閑橋の下の暗闇から、飛び出してきた者がいた。

十六

そいつは杖を突きながら、驚くべき速さで桟橋を渡る。

振り向いた京之介は、浪華屋米三郎が馬面の安の腹に匕首を突き立てるのを見た。七人目の人間は、何と、米三郎だったのだ。

「がっ……」

腹を刺された安は米三郎につかみかかり、二人は抱き合うようにして、水面に落ちる。

夜目にも白く、水柱が高く上がった。

「くそっ」

為蔵は匕首を抜くと、何の躊躇《ためら》いもなく、京之介の右の太腿《ふともも》に突き立てた。

「うっ」

さすがの京之介も、正吉を抱いていたので、その匕首をかわすことはできなかった。

稲妻のような激痛に、子供を抱いていた両腕が緩んでしまう。

その正吉の帯をつかんで、為蔵は、京之介を蹴り飛ばした。

正吉が、火のついたように泣き出す。

その幼児をかかえて、桟橋を駆け渡った為蔵は、猪牙舟に乗る。そして、係留していた綱を、手早く外した。

「旦那っ」

悲痛な声を上げて、岩太が石段を駆け下りる。

「正吉、正吉っ」

叫びながら、吉兵衛も石段を下りてきた。

しかし、正吉と為蔵の乗った猪牙舟は、すでに桟橋を離れて下流へ向かっている。

「しっかりしてください、旦那っ」

右の太腿から血を流している京之介を、岩太は抱き起こした。

「俺は大丈夫だ……太い血の管《くだ》は傷ついてない」

手拭いで太腿の付け根を縛りながら、京之介は言う。出血の量で、傷の深刻度がわかるのだ。

「それより、舟を手に入れろ。急げっ」

「へいっ」

岩太は立ち上がって、石段を駆け上がる。

「奈良屋……近くの自身番へ行け」

桟橋で下流の方を見ながら狼狽《うろた》えている吉兵衛に、京之介は言った。

「人手と龕灯を集めて、堀の底に沈んだ浪華屋を助けるんだ。上手《うま》く行けば、命は助かる」

「し、しかし……」

「正吉のことは、俺たちに任せろっ」

「わ、わかりました」

よたよたと、吉兵衛は階段を上って行った
(浪華屋米三郎が、あそこに隠れていたということは、尾行ていた玉吉はどうなったのか……いや、今は子供の命が一番だ)

玉吉は、無駄に命を落とすような奴ではない――と、京之介は自分に言い聞かせる。

それから、まわりを見て、二尺ほどの長さの棒が落ちていたので、拾った。

「――旦那っ」

外濠の方から、猪牙舟が下ってきた。

「鎌倉河岸に一艘、あったんで、拝借してきましたよ」

舟から飛び降りた岩太は、栈橋を駆け抜けて、京之介に肩を貸す。

栈橋を引き返して、猪牙舟に京之介を乗せると、棒杭にもやっていた綱を解いた。

そして、櫓《ろ》を使って舟を下流へ進める。

「どうしたんです、その棒っ切れ」

「何も得物《えもの》がないから、拾っておいたんだ」

京之介は言った。猪牙舟には水棹《みさお》も積んであるが、これは武器代わりにするには長すぎる。

「こんなことなら、大八車の底にでも大小と十手を隠しておくんだったな。俺も手配りが、まだまだだよ……」

「米三郎は、どうして、あんな所に隠れていたんでしょう」

櫓を使いながら、岩太が訊く。

「おそらく……為蔵が舟を使うことを、予想していたんだろう。だから、御宿稲荷に一番近い橋の下にひそんでいたんだ。脚気で自由に動けないから、山を張ったんだな」

「しかし、乱脚《みだれあし》の気《け》があるのに、並の奴よりも早かったですね」

「火事場の馬鹿力みたいなものだろう。安を刺して舟を奪えば、為蔵は逃げられないし、金も無事だからな」

「でも、命賭けで……」

「俺は、籐吉への罪滅ぼしのような気がするよ」

無縁墓の前で跪いていた米三郎の姿を、京之介は思い浮かべていた。

「それにしても、玉吉は大丈夫でしょうか」

「俺も気がかりだが……見えたぞっ」

ようやく、為蔵の舟に追いついた。今川橋のあたりにいる。

「もっと、速くならないか」

「へいっ」

顔を真っ赤にして、岩太は漕ぐ。

棒を手にした京之介は、急に刺傷の痛みがぶり返してきた。

今まで緊張しすぎて、痛みを感じる暇がなかったのだろう。

川並は血を吸って重く、ぴたりと足に貼りついている。

血を流したためか、軀がふらつくようだ。

(この軀で、しかも舟の上で、まともに闘えるかどうかわからないが……四歳の子供の命がかかっているのだ。しっかりしろ、和泉京之介っ)

東中之橋《ひがしなかのはし》の手前で、為蔵の舟と併走して接舷することが出来た。正吉は泣いている。

まさか舟で追われていると知らなかったらしい為蔵は、あっと驚いた。

「為蔵、御用だっ」

姿勢を低くして、京之介は、隣の舟に飛び移った。

右足の傷から、脳天へ突き抜けるような激痛が走る。

「野郎っ」

為蔵は、右の拳を繰り出した。

姿勢を建て直そうとしていた京之介は、避ける間もなく、顎に拳骨をくらってしまう。

「ぐっ」

一瞬、目の前が真っ暗になって、京之介は船底に臀餅《しりもち》をついた。

握っていた棒も吹っ飛んで、水面に落ちてしまう。

その隙に、為蔵は、舟に乗せていた五尺ほどの竹槍をつかんだ。

そいつを、岩太の方へ突き出す。

「わあっ」

竹槍の先が左腕をかすめたので、岩太は、櫓から手を放してしまった。

猪牙舟は、為蔵の舟に弾《はじ》かれるように、脇へ逸れる。

「ふざけやがってっ」

竹槍を構え直した為蔵は、悪鬼の形相になった。

「てめえも餓鬼も、殺してやるっ」

「むむっ」

京之介が、正吉を懐にかかえこむ。自分は刺し殺されても、子供だけは守りたいのだ。

次の橋が近づいてきた。月光の影で、視界が暗くなる。

次の瞬間――二つのことが、ほぼ同時に起こった。

突然、落雷のような轟音を立てて、木造の橋が崩れ落ちてきたのだ。

そして、どこからか、青白い霧のようなものが流れてきて、京之介と正吉を包んだのである。

「うわあああァっ」

頭の上に崩れてきた重い橋桁《はしげた》や橋板に、為蔵は虫のように押し潰された。

猪牙舟も、真ん中から二つに折れて、後部が為蔵とともに沈んでゆく。

京之介たちがいる前部も、沈んでもおかしくないはずだが、そのまま近くの桟橋に流れついた。

そして、青白い霧に包まれた二人は、ふわりと桟橋に下ろされる。

それから、霧は、包装を解くように、二人から離れていった。

「くっ」
京之介は、正吉をかかえて走った。歯をくいしばって、足の激痛など無視する。
桟橋を渡り終えて、京之介が石段を上り始めた時、流れてきた橋の残骸が、桟
橋に激突した。
ばりばりと桟橋を破壊して、それを押し流してゆく。
渾身《こんしん》の力を振り絞って石段を上りきった京之介は、そこで力が尽きて動けなく
なる。
道端に横倒しになった京之介に、誰かの足音が近づいてきた。
聞き覚えのあるような足音であった。
「──京之介様っ！」
それがお光の声だとわかった途端に、京之介は意識を失ってしまった……。

十七

「どうです、足の傷の具合は」
心配そうに眺める岩太に、

「大丈夫だ。もう十日も寝てたんだから、心配するな」

和泉京之介は笑いかける。

「お前こそ、竹槍の傷は大丈夫なのか」

「あんなものは蚊に刺された程度で、一晩で治りましたよ」

「それは良かった。俺は、そろそろ走れそうだぞ」

「無理しちゃいけません。旦那の軀に何か障《さわ》りが残ったら、一緒にいたあっしは、御隠居様と奥様に顔向けできねえ」

昨日、床上げをした京之介は、今朝は北町奉行所に出仕《しゅっし》して、上司に本復の挨拶をしてきたのだった。

「とりあえず、今日一日は足慣らしをせよ――と京之介は言われた。

だから今、岩太を連れて、大伝馬町《おおでんまちょう》から横山町《よこやまちょう》へ続く通りを、ゆっくりと歩いている。

行く先は無論、西両国広小路であった。

蒸し暑い日で、朝顔売りが良い喉を聞かせながら擦れ違う。

「それにしても、驚きましたよ。浪華屋米三郎、木曾屋久右衛門、そして奈良屋吉兵衛の三人が、元は越中から逃散《ちょうさん》した百姓だったとはねえ……」

岩太が、しみじみと言う。

――命賭けで孫を救ってくれた京之介との約束を守って、奈良屋吉兵衛は、全ての事情を包み隠さず白状した。

吉兵衛の本当の名は、留蔵こと為蔵が指摘したように、市兵衛であった。息子の嘉平は、喜平《きへい》である。

そして、浪華屋米三郎は米次郎《よねじろう》、木曾屋久右衛門は忠右衛門《ちゅうえもん》であった。

逃散とは、重税や天災などのために生活できなくなった百姓が、領主に無断で他領へ移ることをいう。

だが、市兵衛たちの逃散は、事情が違っていた。

二十数年前――越中国稲上郡《いながみ》の曲淵村に、彼らは住んでいた。

黒部川《くろべがわ》が大きく湾曲する川辺の内側に村はあったが、橋を渡った川の外側――〈川外《かわそと》〉と呼ばれる場所にも、三戸だけ住んでいる者がいた。

これが、市兵衛、米次郎、忠右衛門である。最年長の市兵衛はお豊《とよ》という女房がいて、喜平という小さな息子もいたが、米次郎と忠右衛門は、まだ独り身であった。

さて、その年の春――季節外れの豪雨が降って、黒部川の水量が、にわかに増した。

そこで、稲上代官所の手代の巳之助《みのすけ》が、夜中に堤防の様子を見にきた。

ところが、巳之助が川外の堤防を調べる最中に、誤って足を滑らせ、濁流の中に転落してしまったのである。

一度は浮かび上がったものの、巳之助は再び流れに呑みこまれて、そのまま見えなくなった。

その時、巳之助と一緒にいたのが、市兵衛たち三名である。

すぐに代官所に報告すべき事態であったが、彼らは躊躇した。

なぜなら、自分たちが巳之助を川に突き落としたと、疑われそうだったからだ。

代官所の手代は、武士ではない。代官が、地元の百姓や町人の中から有能な者を選んで雇うのだ。

しかし、彼らは、その権威を笠に着て、不正を働いたり、横車を押したりすることが多かった。

巳之助もその一人で、川外の住人が三戸しかなく、彼らしか目撃者がいないのを良い事に、乱暴狼藉のし放題。

市兵衛の女房のお豊を手籠《てごめ》にしようとしたり、それを止めようとした米次郎を殴ったり、さらに、泥酔して忠右衛門の囲炉裏《いろり》に小水をかけたりした。

だが、下手に代官所に苦情を申し立てようなものなら、年貢や賦役を重くするという報復を受ける。

だから、市兵衛たちは耐えるしかなかった。

そして、村の寄合《よりあい》の時、米次郎が「巳之助を殺してやりたい」と口走ってしまったのである。

今度の場合、その発言が〈手代殺し〉の証拠になってしまうだろう。

市兵衛も忠右衛門も、巳之助に恨みがあるので、三人の共犯とされるに違いない。

もしも、代官所の手代を百姓が殺したら、本人が死罪なのは勿論として、家族まで処刑される可能性がある。

連座処刑されなかったとしても、市兵衛が有罪なら、お豊も喜平も曲淵に居ることは出来ない。

そこで市兵衛が、「俺は逃げる。女房と子を連れて、他領へ逃げれば何とかなる」と言い出したのだ。

米次郎も、「それなら、俺たちみんなで村を捨てよう」と言い出して、忠右衛門も同意したのである。

逃散すると決めたからには、一時《いっとき》でも早く逃げ出すべきであった。五町でも十町でも先へ行けば、それだけ、追っ手から逃げおおせる確率は高くなるだろう。

すぐに三人は支度を始めたが、一つだけ問題があった。

この曲淵村には、〈廻り地蔵〉という風習があったのである。

高さ二寸ほどの小さな木彫りの地蔵菩薩を納めた厨子を預かり、お供えと燈明を上げて数日間、祀《まつ》るのだ。

それから、次の家に厨子を渡すと、その家でも数日間、祀る。

こうして順番に地蔵を納めた厨子を渡し、一年間で村の全戸を廻るので、廻り地蔵と呼ばれるのだ。

地蔵菩薩は、釈迦入滅後の無仏の世界で、五十六億七千万年後に弥勒《みろく》菩薩が出世するまでの間、六道《ろくどう》の衆生《しゅじょう》を救うという。

多くの場合、その姿は、右手に錫杖《しゃくじょう》、左手に宝珠を持つ比丘尼《びくに》像として現された。

地蔵は、この世とあの世の境に立ち、地獄へ堕《お》ちる者を救う。とりわけ、子供を守ってくれる——という仏教説話によって、地蔵信仰は庶民の間に広まったのである。

曲淵村の廻り地蔵でも、厨子の引き出しの中に、小芥子など子供が喜びそうな玩具などを入れておく。

それには、村の子供が無事に育つように、そして幼くして死んだ子供たちがあの世で安楽に過ごせるように——という願いがこめられていた。

その厨子は、運命の日、市兵衛の家に預けられていた。

市兵衛が「お地蔵様も持ってゆく」と言うと、米次郎が「荷物になるし、誰かに見られたら曲淵村の者だとわかってしまう。置いていこう」と説得した。

忠右衛門も米次郎と一緒に説得したが、市兵衛夫婦は承知しない。

嫁のお豊が、「御厨子を置いていったら、喜平に何か悪いことが起こるような気がして、怖い」と泣いて拒むので、結局、米次郎も忠右衛門も折れた。

こうして、豪雨の夜、市兵衛たちは村から逃げ出したのである。

様々な苦労をしながら、一月《ひとつき》後に、彼らは江戸へ辿《たど》り着いた。

現代の移民政策と同じで、当時の江戸でも、全国から集まる流民《るみん》が問題になっていた。

江戸には慢性的な人手不足の稼業があり、そのようなところでは、素性を問わずに労働者を雇い入れて、低賃金でこき使って利益を上げていたのだ。

市兵衛たちも荷揚げ人足となり、懸命に働いた。

幸いなことに、三人とも軀が頑健だったので、少しずつ金を貯めることもできた。

前にも述べたように、日本中の人間は人別帳によって公儀に管理されている。移住には、しかるべき書類と手続きが必要だ。

流民は人別帳に記載されていないから、彼らは、いつ、町奉行所に摘発されるか、不安な日々を送っていた。

だが、人別帳にも抜け道がある。市兵衛たちのように逃散してきた者も、金さえ積めば、書類を偽造して江戸に住めるように出来るのだ。

三人で相談して、最も商才のありそうな米次郎が、播州生まれの〈米三郎〉の名で、晴れて江戸の住人となった。

そして、塩売りを振り出しに、様々な棒手振《ぼてふ》りで金を貯めて、小間物売りになった。

その小間物売りで蓄えた金で、市兵衛夫婦や忠右衛門も人別帳に載ることができた。

市兵衛は吉兵衛に、お豊はお利《とし》に、喜平は嘉平に名前を変えた。忠右衛門は、久右衛門となったのだ。

米三郎は、吉兵衛と久右衛門に小間物売りの遣《や》り方を教えて、自分の客を分けてやった。

こうして、三人は協力して小間物売りに励み、十数年前に米三郎が本郷に〈浪華屋〉という店を持つことができた。

さらに、吉兵衛が黒船町に〈奈良屋〉を、久右衛門が浜町に〈木曾屋〉を開いた。

三人が近い場所に店を持たなかったのは、互いの商いを邪魔しないためもある。

だが、最も大きな理由は、互いの店が近所で、三人がしょっちゅう行き来していると、万が一にも素性が発覚してしまうかも知れない――という懸念だった。

そう言うわけで、三人が顔を揃えるのは年に数回だけであったが、商売の方は順調であった。

十数年の間には、嫁を貰った米三郎が、妊娠に喜んだのもつかの間、急な病《やまい》で嫁も腹の中の赤子も失ったり、初孫の顔を見た直後に、吉兵衛の嫁のお利が梯子階段から落ちて事故死したり——という不幸もあったが、何とか普通の商人の暮らしをしてきた三人であった。

あの夜、持ち出した厨子は、大事にしている。

一月から四月までは浪華屋、五月から八月までは木曾屋、九月から十二月までは奈良屋という順番で、一年間で三人の店を厨子が一廻りするようにしていた。

厨子を運ぶのは他人に任せず、吉兵衛たちが自分で運ぶのであった。

ところが——そこに、為蔵が現れたのである。

十八

留蔵こと為蔵は、曲淵村の村役の息子だが、子供の時から手のつけられない乱暴者だった。

十五の時に隣村の男を半殺しにして、そのまま、村から逃げ出したのである。

市兵衛たちが逃散したのは、その後だ。

その後、為蔵は無宿者として流れ流れて、悪事を重ねてきた。

今年の四月に、名古屋で質屋に押し込み強盗を働き、手向《てむ》かった番頭を玄翁《げんのう》で撲殺して、四十両を奪った。

そして、為蔵は江戸へ逃げてきて、留蔵と名乗ったのである。

これから先は、為蔵が死んでしまった以上、推測になるが――おそらく、千代松に逃げられた後、為蔵は偶然、吉兵衛たちを見かけたのに違いない。

吉兵衛たちは、物腰も風貌も江戸の商人になりきっていたから、一人だけだったら、為蔵も気づかなかっただろう。

たぶん、四月の末に、三人が深川の料理茶屋に集まった時に、為蔵に目撃されたのではないか。

何か見覚えのある顔が三つも揃っている――為蔵は、それが曲淵村の市兵衛たちだと気づいたのだ。

三人が三人とも名前を変えて商人になっているということは、何か不正な手段を使ったに違いない――そう考えた為蔵は、浪華屋、木曾屋、奈良屋の順番で、恐喝してまわった。

最初は驚いた奈良屋米三郎であったが、為蔵が代官所の手代の死を知らないことに気づいて、安心した。

そして、為蔵が犯罪者であることを見抜いて、米三郎は、「どこかの誰かとお間違えのようだが、せっかく足を運んでいただいたのだから、わずかだが草鞋銭を出させていただきましょう」と、五両を渡したのである。

不満げな為蔵が店を出てゆくと、米三郎は、すぐに二通の手紙を書いて、丁稚小僧に奈良屋と木曾屋へ届けさせた。

そちらの店に為蔵が強請りに行くが、あの件は知らないから、絶対に曲淵村の者だとは認めず、他人の空似《そらに》ということにして、金を払って追い返せ――という内容の手紙である。

その手紙を読んで、奈良屋吉兵衛も木曾屋久右衛門も大いに動揺したが、何とか為蔵を追い返すことができた。

その数日後が月末で、本当は米三郎が浜町の木曾屋へ厨子を持って行くはずであった。

しかし、昨年から患《わずら》った脚気が急に悪化して、駕籠にも乗れない状態になった。

そこで仕方なく、五月になってから、番頭の籐吉に厳重に口止めをして、厨子を木曾屋に運ぶように申しつけたのである。

十両という破格の駄賃を貰った籐吉は、居酒屋に行くふりをして、浪華屋の裏木戸から出た。

しかし、朝になっても籐吉が戻らないのを不審に思った米三郎は、帳簿を調べて五十両の不足があるのに気づいた。

そこで、手代の菊松に密かに籐吉を捜させたのだ。

金よりも、厨子を返してもらうことの方が、重要なのである。

菊松には、「籐吉は、遣いこみをして逃げたらしい。浪華屋の恥になることだから、番頭の行方知れずの件は、皆にも口止めするように」と命じたのである。

そうこうしているうちに、和泉京之介と岩太が店にやって、籐吉が為蔵らしき男に刺し殺されたことを知った。

米三郎は、すぐに真相に気づいただろう。

他人の空似で押し通す米三郎たちに、動かぬ証拠を突きつけてやる——と為蔵は思ったのだ。

それで、浪華屋を見張っていたのだろう。

裏木戸から出てきた籐吉がかかえている風呂敷包みを見て、為蔵は、それが廻り地蔵の厨子だと気づいた。

厨子を手に入れれば、米三郎たちが曲淵村の逃散百姓だという確実な証拠になる。

だから、為蔵は籐吉を尾行して、人けのない闇坂で厨子を奪おうとした。籐吉が拒否したので、かっとなって刺殺してしまい、誰かが近づいてくるのに気づいて、厨子の中の地蔵だけ奪って逃げたのである。

米三郎は自分から厨子のことは口にせずに、丁重に京之介に引き取ってもらったのだ。

他方──若い時の無理が崇《たた》って寝こんでいた久右衛門は、心の方も疲れ果てていたのだろう。

厨子を持ってくるはずの浪華屋の番頭が行方知れずになったと聞いて、不安が膨れ上がった。

このままでは、為蔵によって全てが曝露される──と思いこんだのだろう。

世間に生き恥を曝《さら》し、代官所の手代殺しの罪で、妻子もろとも死罪になるよりは──と追いつめられて、久右衛門は無理心中を図ったのである。

その為蔵は、地蔵の木像を奪ってから、不味《まず》いことをしでかしたと気づいた。

籐吉殺しの下手人になった以上、地蔵像を証拠に米三郎たちを強請るどころではない。町方に通報されたら、首と胴が別れてしまうのは自分である。

こうなったら、危ない橋を渡ってでも大金をつかんで、江戸から逃げるしかない。

そう考えた為蔵は、安というごろつきを仲間にして、奈良屋の孫の正吉を誘拐し、三千両の身代金を要求したのである。

駕籠で奈良屋を尋ねて、正吉誘拐のことを知った米三郎は、自分が籐吉に厨子を託してしまったことが、このような最悪の事態を招いたのではないか——と後悔した。

そして、「市…いや、吉兵衛さん。とりあえず、為蔵の指図の通りに身代金は運んでください。正坊《しょうぼう》は、この奈良屋が命に替えても、取り戻してあげるから」と言い残して、帰ったのである。

実は、米三郎は、玉吉の尾行に気づいていた。それで、駕籠舁きに頼んで、玉吉を捕まえさせた。

そして、縛り上げた玉吉を、近くの社《やしろ》の縁《えん》の下《した》へ放置させたのだ。

そして、米三郎は、為蔵が舟を使うと推測して、竜閑橋の下へ潜んだのである。

安を刺殺して、一緒に堀に落ちた米三郎は、近くの自身番の番太郎たちが引き上げたものの、助からなかった……。

「浪華屋が雇った駕籠舁きたちを締め上げて、玉吉を社の下から助け出した時は、おかしかったですよ」

歩きながら、岩太が陽気に言う。

「あの野郎、蜘蛛《くも》の巣だらけで前も後ろもわからない具合でね」

「そいつは、可哀相だったな。命が無事で良かったが」

「それにしても――」岩太は声を低める。

「あの青白い霧みてえなものに旦那と正吉が包まれた時には、何が起こったのかと本当にびっくりしましたよ」

「そうだろうな」

「旦那を医者の家に担ぎこんだ後、お光さんに涙ながらに〈おえん〉のことを打ち明けられて……もう、魂消《たまげ》たこと魂消たこと」

「他の者ならいざしらず、お前に黙っていて、すまなかった」

京之介が素直に詫びると、岩太は恐縮する。

「とんでもない。あれだけの大事、秘密にしておくのが当たり前ですよ。旦那の口の固さは、立派です。もっとも、これで今までの事件で疑問だったことが、みんな解《と》けましたがね」

人の良い岩太は、鷹揚《おうよう》に笑う。

昨年の春――お光が、行方知れずになった兄の佐吉を捜すために、上総《かずさ》の東金《とうがね》から御成《おなり》街道を江戸へ向かった。

その途中、泥で汚れた双仏石《そうぶっせき》を見つけて、これを綺麗にしてやった。

それは、双仏石の中に封じこめられていた妖《あやかし》が、お光に取り憑《つ》いたのである。

煙羅は、〈煙羅《えんら》〉という煙の精であった。

煙羅は、お光を襲った悪党を退治してくれたので、彼女は感謝の印として、自分の黄楊の櫛を煙羅の住居として提供した。

そして、この妖を〈おえんちゃん〉と呼ぶようになったのである。

煙羅は、人間の〈気〉を糧《かて》にしていたが、酒がその代用になることがわかった。

江戸に着いたお光は、本所《ほんじょ》の春秋長屋《しゅんじゅうながや》に住んで、西両国の掛け茶屋〈橘屋〉で茶汲み娘として働きながら、兄を捜していた。

その一方で、お光は、煙羅の能力で困っている人を助けていたが、報酬として一升酒を要求するので、〈うわばみ小町〉というありがたくない異名がついたのである。

大店の蔵の中で人間が消滅した事件があり、それを受け持ったのが、北町の和泉京之介だった。

お光は、京之介の前で煙羅を見せて、事件を見事に解決したが、これは秘密にしてくれ——と彼に頼んだ。

その約束を守って、京之介は、自分の右腕の岩太にも煙羅のことは伏せていたのである。

しかし、今回だけは、岩太の目の前で煙羅に命を助けられたのだから、隠しようがない。京之介が意識を失って手当を受けている間に、お光が、岩太にこれまでの事情を打ち明けたのであった……。

「いくら、この岩太がお調子者でも、お光さんの秘密は金輪際、喋りませんから、安心してください」

「うむ、頼むぞ」

京之介は、うなずいた。

「ですが——いきなり、あの橋が崩れたのにも驚きましたね」

「ずいぶん古い橋で、あの日の夕方に橋桁が変な軋み方をしているということで、町役人が、誰も渡らないように——と立て札を出していたらしいな。町奉行所にも報告があっただろうが、俺は為蔵のことで精一杯で、それどころではなかった」

「いや、危なかった。あの橋が崩れなきゃ、旦那も正吉も、為蔵の竹槍でやられていたかも知れねえ」

「岩太……あの橋の名を聞いただろう」

「へい。地蔵橋というそうで」

岩太は、つい声を低めてしまう。

「そして、正吉の懐には、例の地蔵が入っていた」

誘拐した正吉が泣きやまないので、為蔵は人形代わりに、厨子から奪った素朴な地蔵の木像をくれてやったのだ。

橋が突然、崩落したのは、地蔵菩薩の加護によるものであろうか。

「お地蔵様が子供を守ってくださるというのは、本当だったんですねえ」

「うむ……そうかも知れんな」

そんなことを話しているうちに、二人は、西両国広小路の掛け茶屋〈橘屋〉の前まで来ていた。

十九

「京之介様っ」

お光が、店から飛び出してきた。

「出仕なさったのですかっ」

驚きと喜びと隠しきれない愛情が、十七娘の美貌を、より輝かせている。

「ああ。もう大丈夫だ」

和泉京之介が頼もしく微笑すると、お光の澄んだ双眸に涙が滲んだ。

「馬鹿だなあ、泣くことはないだろう」

十七娘の肩を軽く叩いて、京之介は優しい声で言った。

「茶を頼む。二つだぞ」

「はいっ」

お光が奥に引っこむと、京之介と岩太は、隅の縁台に腰を下ろす。

茶と黄粉団子を載せた盆を持って、すぐに、お光は戻ってきた。

「うむ、この団子も久しぶりだな」

京之介は茶を飲みながら、旨そうに団子を喰う。

お光は、その横顔を幸せそうに見つめていたが、ふと眉をひそめて、

「それで、奈良屋さんは、どんなお裁きになるんですか」

「うん？」京之介は顔を上げて、

「ああ、それだがな……」

奈良屋吉兵衛こと曲淵村百姓・市兵衛の告白を受けて、北町奉行所から富山藩江戸上屋敷に問い合わせた結果――信じられないような事実がわかった。

二十数年前――代官所手代の巳之助は、黒部川に落ちたものの、溺死はしていなかったのだ。

流木で頭を打って意識を失ったことで、逆に溺死を免《まぬが》れたらしい。

下流で橋脚に引っかかったところを、近くの村の者に助けられたのだ。

しかし、濁流に揉まれて衣類は脱げてしまい、下帯だけの裸という姿。しかも、頭に傷を負って、昏睡状態が続いていた

村の者が親身に看病してやると、半月ほどしてから、ようやく会話ができるようになり、自分の身分を明かしたのだ。

「曲淵村の堤防を調べに行ったら、足を滑らせて、あっという間に流れに呑みこまれた。後のことは、まるで覚えていない……」

すぐに稲上代官所に報せが行って、元締が駆けつけたが、その時には巳之助は息を引き取っていた。

会話をしたことで、残っていた生命力が燃え尽きてしまったのかも知れない。

「あら、じゃあ、そのことで奈良屋さんは濡れ衣を着せられる怖れは、なくなっ

たんですね」

お光は笑顔になったが、すぐに、表情を曇らせた。

「そうだ。木曾屋久右衛門は、無理心中を図ったりする必要はなかったんだ。死ななくて、良かったんだよ」

京之介は、苦々しげに言う。

「しかも、吉兵衛…市兵衛たちが逃げ出した後に、堤防が決壊して、三戸は押し流された――」

そのため、市兵衛たちは死亡したことになり、墓まで作られたのである。つまり、人別帳から外されたのだ。

市兵衛他四名の者は、すでに死亡しているので、当藩とは一切、関わりなし――これが富山藩の答えであった。

「巳之助は生きていたし、逃散の件は有耶無耶《うやむや》になった。あとは、勝手に江戸へ住みついて人別を拵《こしら》えたことだが、その後、商人として真面目に商売をしていることが考慮されて、市兵衛たちは、お叱りくらいで済んだはずだ――今度の事件さえ、なければ」

「藤助が為蔵に殺されて、木曾屋が紫陽花の葉で無理心中をやっちまいましたからねえ」

　岩太が残念そうに、首を振る。

「下っ引の玉吉に乱暴を働いたことは不問にするにしても……三人の主導的な立場だった米三郎の浪華屋は闕所《けっしょ》、つまり身代は没収だ。木曾屋も、同様に闕所になる。奈良屋は身代の半分を没収し、吉兵衛は隠居、息子の嘉平が店を継ぐことが許される」

「まあ……それは……」

　喜んで良いのか、悲しむべきなのか――判断しがたいお光であった。

「吉兵衛は店の相続が済んだら、あの地蔵を納めた厨子を背負って、西国《さいごく》巡礼の旅に出るそうだ。木曾屋久右衛門と浪華屋米三郎、そして藤助の菩提《ぼだい》を弔うためにな。たぶん……生きて江戸へ戻る気はないのだろう」

「……」

　お光は、下を向いてしまう。

「藤助と言えば、わからねえことがあるんですがね」

「何だ、岩太」

「あの夜、本郷の浪華屋から浜町の木曾屋へ厨子を運ぶ途中なのに、どうして、藤助は麻布の闇坂を上っていたんでしょう。方向が違うじゃありませんか」

「それは今日、出仕した時に、筆頭同心の平田《ひらた》様に教えてもらったよ――」

闇坂を上りきって、右へ折れると、その先に、伊勢《いせ》菰野《こもの》藩《はん》一万一千石の下屋敷がある。

藤助は、ここの賭場に通い詰めたために、店の金を五十両、遣いこんでしまったのだ。おそらく、藤助は、厨子の件の口止め料である十両を元手にして、五十両の穴埋めをしようとしたのだろう。

それで気が逸って、木曾屋へ行く前に、下屋敷の賭場へ行こうとしたのに違いない。

その結果、為蔵に襲われてしまったのだ。

「それはまた……運の悪い野郎ですね。遣いこみは悪いことだが」

「米三郎は薄々、藤助が闇坂を通った理由に気がついたから、無縁墓の前で、どうして相談しなかったのか――と言ったのだと思う」

「藤助は根っからの悪党じゃなかったろうに、気の毒でしたね」

「為蔵と安以外の者は、みんな、悪党じゃなかった。かといって、白無垢《しろむく》の善人でもなかった。それで、話がどんどん、こじれていったんだ。世の中は難しいものだな……」

　京四郎は嘆息する。それから、急に笑みを浮かべて、

「だがな。めでたいこともあるぞ」

「めでたい？　何が、めでたいんです？」

　岩太が、亀の子のように首を突き出した。

「木曾屋は闕所で無一文になったが、手代の耕助はお君と連れ添って、姑《しゅうとめ》のお定も一緒に暮らそう──と言ったそうだ。自分が担ぎ商いで一生懸命、働くからと」

「素敵、良かったですね」

　お光が、心から嬉しそうに言う。

「さすがだね」岩太は手を打って、

「あっしは最初からね、あの耕助って男は見所があると思ってましたよっ」

「そうだったかな」

　京之介は、笑いを堪《こら》えながら、

「誰かさんは、味噌汁に毒を仕込んだのは木曾屋の娘と身代を狙った耕助の仕業に違いない──と断言したような気がするが」

「そいつは言いっこなしですよ」

三人は朗らかに笑った。それから、

「すいません、ちょっと後架へ――」

気を利かせた岩太が、茶屋の裏手へ行く。

京之介は、お光を隣に座らせて、その右手をとった。

「お光、おえん、助けてくれてありがとう。お前たちが来てくれなかったら、本当に危なかった。正吉の分まで、礼を言わせてもらおうぞ」

「礼だなんて、そんな……」

頬を染めて、お光は俯いた。

「――だが」

京之介が口調を変える。

「え？」

お光は顔を上げた。

「どうして、俺の言いつけに背《そむ》いたのだ」

「それは……」

「橘屋に帰って、彦兵衛と一緒にいろ――俺はそう言ったな」

「……はい」

しょんぼりしてしまう、お光だ。

「それなのに、どうして、身代金受け渡しの現場に来たんだ。危険だということは、わかっていただろう」

顎が胸に埋まるまで俯いたお光が、

「ごめんなさい……京之介様のことが、とても心配だったもんですから」

「それはわかっている。そして、とても、ありがたいとは思っているんだ」

京之介は、口調を和《やわ》らげた。

「だがな、お前は十七の娘だ。強力な相棒が一緒だが、お前自身は弱い娘ではないか。その相棒だって、無敵ではない。悪事の現場に飛びこんで、もしものことがあったら、どうする」

「………」

「お前が俺を心配してくれるのと同じくらい……いや、それ以上に、俺はお前のことが心配なんだ」

「違いますっ」

ぱっと顔を上げたお光が、即座に言い切った。

「はあ？」

「あたしの方が、そのまた何倍も心配しています」

涙に潤んだ目で京之介を見つめながら、お光が言う。

「い、いや……俺は、そのまた、さらに何倍も……」

「いいえ。あたしは、そのまた何倍も何十倍も、何百倍も、京之介様のことを心配していますっ」

それを聞いて、京之介は笑い出した。

「わかった、わかった。もう、いい。俺の負けだ」

こんなに子供っぽいところもあるのか——と、お光の新しい一面を知って、真面目に説教をするのが馬鹿馬鹿しくなった京之介であった。

そこへ、岩太が戻ってきて、

「あれ、どうしました。何を笑ってるんです。お光さんは袂で顔を隠したりして、一体、何があったんですか。旦那の右腕のこの岩太に、隠さず話してくださいよ。ねえ、ねえったら」

第二話　消える男

一

「追え、追えっ、絶対に逃すなっ！」

南町《みなみまち》奉行所《ぶぎょうしょ》定町廻《じょうまちまわ》り同心《どうしん》の野村浩次郎《のむらこうじろう》は、捕方《とりかた》たちを叱咤《しった》しながら、懸命に走っていた。

陰暦六月下旬の深夜——深川、佐賀町《さがちょう》の通りである。

彼らが追っているのは、黒ずくめの男であった。

手拭いで顔を隠し、その上から紅色の鉢巻《はちまき》をしている。〈紅蝙蝠《べにこうもり》〉と呼ばれている凶賊であった。

前方に、油堀《あぶらぼり》が大川《おおかわ》に合流するところに架《か》けられた下之橋《しものはし》が見えた。

その橋を渡って町屋を抜けると、右手には永代橋《えいたいばし》がある。

紅蝙蝠は、下之橋を渡らなかった。橋の手前で、右へ折れる。

大川に面した佐賀町河岸《がし》の角の広場に、火《ひ》の見櫓《みやぐら》が立っていた。

江戸では、ほぼ十町に一つの割合で、火の見櫓が常置されている。

建物の屋根の上に建てられたものもあれば、単独で建てられているものもあった。

月光を浴びて立つ火の見櫓は後者で、土台は二間《にけん》——三・六メートル四方、高さは三丈《さんじょう》——九メートルである。

天辺《てっぺん》には、屋根を備えた物見台があった。

火事の場合は、連続した〈く〉の字の形の梯子《はしご》階段を上って、物見台にある半鐘を打ち鳴らすという仕組みだ。

胴部の下半分は素通しだが、上半分は四方が板張りになっている。

何を考えたものか、紅蝙蝠はその梯子階段を猿のように、するすると上っていく。

その姿は、すぐに下見板《したみいた》に遮《さえぎ》られて見えなくなった。

「囲め、少し離れて櫓を囲むのだっ」

野村同心は、十人の捕方に命じる。走るのをやめたので、噴き出した汗で背中が、どっぷりと濡れてきた。

それから、野村同心は、火の見櫓の内部の暗闇に向かって、

「紅蝙蝠、もはや逃げ道はないぞ。観念して、縛《ばく》につけっ」

無論、返事はなかった。

紅蝙蝠が隠れている物見台のあたりを龕灯《がんどう》で照らそうとしたが、距離があるので、よく見えない。

「よし――源助《げんすけ》、市松《いちまつ》っ」

野村同心は、櫓を取り囲んでいる捕方の中から、旧知の二人を呼び寄せた。

「お前たちは、俺と一緒に来てくれ。いいな」

「わかりました」

二人は真剣な表情で、うなずいた。

凶賊が潜《ひそ》んでいる暗闇へ、どんな攻撃をされても逃げようのない梯子階段を上ってゆくのだから、危険極まりない役目であった。

刃物でも投げつけられたら、負傷は避けられない。

それから野村同心は、周囲の八人の捕方たちに向かって、

「お前たちも知っての通り、紅蝙蝠は凶暴にして神出鬼没、今までに何度も逃げられている。奴には、この囲みを破る奇策があるのかも知れん。俺が下りてくるまで、何が起こっても、絶対にその場から動くな。よいかっ」

そう指示してから、野村同心は、源助の六尺棒《ろくしゃくぼう》を借りる。

「俺が先に行くから、源助、お前は龕灯で上を照らしてくれ。そのあとから、市松が六尺棒を持って上がるんだ。もし、俺が梯子から蹴落とされても、お前たちは構わずに、紅蝙蝠を捕まえろっ」

「野村様……」

「では、行くぞ。俺に続けっ」

右手で六尺棒をつかんで、野村同心が、梯子階段を上り始める。

六尺棒を使う邪魔にならないように、間を置いて源助が、そして、市松も上った。三人とも、必死の形相である。

一歩、一歩、慎重に梯子階段を上っていく野村同心であったが、

「――む？」

暗い板張りの部分まで来て、不審げに眉をひそめた。

ようやく龕灯の光が届くようになった物見台に、人影がなかったからだ。

「そんな馬鹿なっ」

野村同心は、梯子の途中で、周囲を見まわした。

物見台に隠れていると見せかけて、紅蝙蝠は、板張りの内側に貼りついている

のではないか――と思ったからだ。

源助も、龕灯の光をあちこちに向けてみたが、紅蝙蝠の姿はない。

「市松、お前はその場から動くな。物見台には、俺と源助が上る。誰か下りてくる奴がいたら、容赦《ようしゃ》なく六尺棒で叩き落とせっ」

「はいっ」

市松の返事を聞いてから、野村同心は再び、梯子階段を上り始める。

ついに物見台まで上がったが、やはり、そこは蛻《もぬけ》の殻《から》であった。

「いない、だと……」

源助も上がってきて、そこら中を照らしてみた。

だが、五尺四方ほどの広さしかない物見台に、二人の大人が立ってしまえば、隠れる空間などは残っていない。

野村同心は、物見台から身を乗り出して、櫓の外側を見た。

そこにも、守宮《やもり》のように人間が貼りついている様子はない。

「月の光の蔭になってるところを、照らしてみろ」

その指図《さしず》通りに、源助が龕灯の光で照らしてみたが、やはり、櫓の外側に人の姿はない。

「おいっ」

野村同心は、周囲を囲んでいる捕方たちに向けて怒鳴った。

「誰か、この櫓から下りてこなかったかっ」

「いいえ、誰も下りてきませんっ」

捕方たちは、口々に叫ぶ。

「市松、どうだ。誰も下りてこないかっ」

「鼠一匹、下りてきませんっ」

その返事を聞いて、愕然《がくぜん》とした野村同心は思わず、物見台の床に臀《しり》を落とした。

「こんな馬鹿なことがあるのか……十一人が二十二の目玉で見張っていたのに……紅蝙蝠は消えた。この火の見櫓から消えた。煙になって宙に昇ったとでもいうのかっ」

ぞくり、と同心の背中に寒気が走った。

二

「おお、和泉《いずみ》。参ったか」

北町奉行所筆頭同心の平田昭之進《ひらたあきのしん》は、上機嫌で和泉京之介を迎えた。

「どうだ、近頃の足の具合は。お前が怪我をした時には、御奉行もいたく心配されておられたぞ。北町の腕利《き》き同心を失っては、大損失だからなあ。いや、無事に本復《ほんぷく》して良かった。ははは」

「ありがとうございます。――で、本日のお召しのご用件は」

畳に両手をついた京之介は、用心深く訊《き》く。

朝、呉服橋《ごふくばし》内の北町奉行所に出仕したら、同心詰所の自分の席に座るか座らないうちに、筆頭同心に呼び出されたのだ。

平田筆頭同心は、北町奉行所で随一の能吏である。

笑顔のままで無理難題を押しつけるという、かなりの曲者《くせもの》であった。

「そう警戒するな。いや、大したことではない」

「はあ……」

たしかに今月の月番は南町奉行所で、北町の同心たちは、先月からの事件の捜査や処理に当たっている。

京之介が耳にしている限りでは、誰かが大事件や難事件をかかえこんでいるという話はない。

「和泉は今、どのくらいの事件をかかえている」

「神社の賽銭《さいせん》泥棒と湯屋《ゆや》の板の間稼ぎ、それと、池袋村の豪農の息子が岡場所《おかばしょ》の妓《おんな》に包丁で軽い傷を負わせた事件。この三件でございます」

「なるほどな。ところで――」

平田同心は、さり気ない口調で、

「お前、紅蝙蝠の噂は聞いているか」

「今月の初めに現れた神出鬼没の盗賊で、すでに五件もの押し込みを働いている奴ですね。しかし、南の定町廻りの野村様が乗り出したので、捕縛の日も近いと聞いておりますが」

定町廻り同心の野村浩次郎は三十過ぎ、南町奉行所で「どんな難事件でも、野村に任せれば大丈夫」と言われるほどの切れ者――と、京之介は聞いている。

「それなんだが……実は、昨日、御奉行が北の牧野大隅守《まきのおおすみのかみ》様に会われた時、その紅蝙蝠の話が出たのだ」

江戸には、南北二つの町奉行所があり、一月《ひとつき》ごとに交代して、犯罪捜査や訴訟の受付を行う。

そして、非番の町奉行は、月番の町奉行所を訪問して様々《さまざま》な打ち合わせを行うというのが、慣行であった。

昨日、北町奉行の曲淵甲斐守景漸が、数寄屋橋《すきやばし》門内の南町奉行所に牧野大隅守成賢《しげかた》を訪ねたのも、このためである。

「これは、ここだけの話だが――昨日の早朝、その野村が腹を切ろうとして、あやうく同輩たちに止められたそうだ」

「野村様が切腹……」

京之介は顔を強《こわ》ばらせた。

「その前の晩――つまり、一昨日《おととい》の夜だが、紅蝙蝠が深川で六件目の押し込みを働いたのだ。しかし、捕方を連れて巡回中の野村同心が異変に気づき、紅蝙蝠は何も盗《と》らずに逃げ出した」

そして、大川端《おおかわばた》の火の見櫓の中に逃げこんだはずの紅蝙蝠が、その場から消えてしまったので、その責任をとるために、野村浩次郎は自害しようとしたのだ
――と平田同心は語る。

「とにかく、六件とも同心や御用聞《ごようき》きが紅蝙蝠を追いつめているのだが、どの場合も、雲か霞《かすみ》のように消えているのだ。特に火の見櫓の一件は、十人の捕方がその場にいて目を皿のようにしていたにも関わらず、誰も紅蝙蝠が逃げる姿を見

ていない。本当に、煙になって宙に消えたとしか思えないそうだ」

「……」

「その話を聞かれた御奉行は、左様な不可解な事件ならば、北にはそれを得意にしている変わり者の同心がおりますゆえ、ご助力いたしましょう——と言われたところ、大隅守様は大層、お喜びに……」

「お、お待ちくださいっ」

慌てて、京之介が言った。

「もしや、その変わり者の同心というのは、ひょっとして、わたくしのことでございますか」

世にも情けない声音《こわね》だな——と自分でも感じている京之介だ。

「わかっているなら、話は早い」と平田同心。

「和泉、これが六件の報告書の写しだ。じっくりと目を通してから、探索に当たってくれ。手持ちの三件は、後回しでも良いから、紅蝙蝠を最優先で頼む」

「しかし、北のわたくしが南の事件を……」

「安心しろ。南町奉行のお声がかりだ」

平田同心は、辞退の余地を与えないほど、快活に言う。

「南の同心も御用聞きも、お前に全面的に協力することになっている。場合によって、南の捕方を動員しても構わん。とにかく、一日も早く、紅蝙蝠を捕まえてくれ。大いに期待している、頼むぞ」

三

その丁字路は、突き当たりが備中庭瀬藩《びっちゅうにわせはん》二万石の江戸上屋敷であった。右側が三千石の大身旗本《はたもと》加藤家《かとうけ》の屋敷、左側が松平家《まつだいらけ》二千石の屋敷だ。つまり、三方とも高い塀で囲まれている。

「なるほど……」

突き当たりの塀の前で、京之介は周囲を見まわした。

――今月二日の夜、黒づくめに紅色の鉢巻をした盗賊は、上野北大門町《うえのきただいもんちょう》の仏具商を襲って、この丁字路に逃げこんだのである。

その時、同心と御用聞き、その乾分《こぶん》の三人が、三方から追った。

すなわち、同心が東側の道から、突き当たりの大名屋敷へ向かって走る盗賊を追いかけた。

そして、北側の大名屋敷と加藤家の屋敷の間の道を御用聞きが、南側の松平家と大名屋敷の間の道を乾分が駆けこんで、盗賊が南北のどちらの出口へも抜け出せないようにしたのだ。

まさに、袋の鼠にしたのである。

ところが、突き当たりの大名屋敷の塀の暗がりで、盗賊は忽然《こつぜん》と消えたのだ。ほぼ同時に、御用聞きと乾分もその場所に来たので、盗賊は北へも南へも抜け出せなかったはずだ。

その近くに、裏門や潜《くぐ》り戸《ど》もなかった。塀を越える暇もなかったはずである。

しかし、同心は、庭瀬藩上屋敷と加藤家、松平家の屋敷の用人《ようにん》に、曲者が屋敷内に入りこんでいないか調べて欲しい——と頼んだ。が、いずれも、当家に侵入者などはない——という鮸膠《にべ》もない返答だった。

これは当然のことで、武家の屋敷が盗賊に侵入されて、これを逃がした——ということになれば、責任者は腹切りものである。

だから、真実はどうであれ、用人は「曲者は侵入していない」と言うしかない。

そういう事情を承知しているから、その夜の同心も、「異様に身の軽い奴で、月がないのを幸いに、塀に飛びついたのだろう」と考えた。

それで、軽業《かるわざ》小屋の芸人で身持ちの悪い奴がいないか、調べろ――と配下の御用聞きに命じたのである。

ところが、その数日後――別の同心が、やはり紅色の鉢巻をした盗賊を路地の袋小路に追いこんだ。

が、そいつは、影も形もなく消えてしまったのである。

突き当たりの塀には厳重に忍び返しが打ってあり、簡単に越えることはできない。

にもかかわらず、盗賊は消え失せたのである。

こうして、その黒ずくめに紅色の鉢巻の盗賊は、誰が言うともなく、〈紅蝙蝠〉と呼ばれるようになったのだ。

さらに三件目、四件目と同じような事件が続いたので、南町奉行所としても、そのままには出来ない。

で、最も腕利きの同心である野村浩次郎に三十人の捕方をつけて、紅蝙蝠の捜査に当たらせたのである。

野村同心は、三十名の捕方を三つに分けて、一の組を自分が率いて、二の組、三の組を古株の御用聞き二人に任せた。

そして、三組が別々の順路で、江戸の街を巡回してまわったのである。

だが、小石川《こいしかわ》で第五の事件が起きて、金杉水道町《かなすぎすいどうちょう》の蹄鉄型《ていてつがた》の路地に紅蝙蝠を追いこんだのだが、やはり、消え失せてしまった。

野村同心は家族と水盃《みずさかずき》を交わして、決死の覚悟で捜査を続けたが、深川佐賀町の火の見櫓の件で、完全に面目《めんもく》を失ってしまったのだ。事件の報告書の写しに目を通した京之介は、この六番目の事件の紅蝙蝠消失現場を振り出しにして、逆の順番に辿《たど》って行き、ようやく、最初の事件の現場にいるわけだ。

夏の陽《ひ》は、西の空に沈みかかっている。

（たしかに、この一連の事件は妙だ。袋小路で消えるのもそうだが、そもそも……）

「——あっ、旦那っ」

岩太の声がしたので、京之介は北の方を振り向いた。

不忍池《しのばずのいけ》の畔《ほとり》、池之端仲町《いけのはたなかちょう》の方から、岩太と、そしてお光が近づいてくるところだった。

「ん……」

京之介が、岩太に咎《とが》めるような視線を向ける。

彼は、お光が事件の捜査に関わることに、反対なのである。無論、彼女の身を案じてのことだ。

「いえ、いえ。違いますよ、旦那」

岩太は、慌てて弁解する。

「お光さんは、あっしが連れてきたわけじゃありません。紅蝙蝠の押し込みにあった仏具屋の聞きこみが終わって通りに出たら、たまたま、お光さんを見かけたんでさあ」

京之介に命じられて、岩太は、被害にあった店を廻っていたのだった。

「本当なんです、京之介様。あたし、旦那さんの御使いで、車坂町《くるまざかちょう》に届け物に行った帰りなんですよ」

お光も一生懸命に言うので、京之介は苦笑した。

「すまん。俺の早《はや》とちりだった」

岩太もお光も、それを聞いて、ほっとする。

「ところで、旦那、もう、六つの現場を廻ってきたんですか」

「うむ。ここが最後だ」

「で、何かわかりましたか」

「うん、わかった」

京之介は、あっさりと言う。

「凄い、さすが旦那だっ」

「それで、京之介様。何がわかったんですか」

「何もわからないということが、わかった」

そう言ってから、京之介は微笑した。

岩太とお光は一瞬、ぽかんとしていたが、

「ひでえや、旦那っ」

「そんな風に、あたしたちをからかうなんてっ」

「勘弁しろ。本当にわからないんだ」と京之介。

「この丁字路は、ともかく……六番目の火の見櫓などは、絶対に紅蝙蝠が逃げられるわけはないんだが」

「旦那に解《と》けない謎なら、もう、どうしようもありませんよ。これは、妖《あやかし》の仕《し》業《わざ》じゃありませんか」

「俺もそれは考えてみた」

京之介はうなずいた。

「しかし、妖が金を盗むのはおかしくないか。それも、こんなに頻繁《ひんぱん》に。紅蝙蝠は、四、五日に一度ずつ、押し込みをしているぞ」

「なるほど……」

岩太は腕組みをして、考えこむ。

「——とはいえ」と京之介。

「何か手がかりが欲しいことは、確かだ」

京之介は、黙って話を聞いているお光を見た。

「勝手を言うが、お光……助けてくれるか」

「あたしに出来ることでしたら、何でも」

輝くような笑顔を見せる、お光だ。

「では、おえんに、この丁字路に妖の気配が残っているかどうか、確かめて欲しいんだが」

「わかりました——」

お光は両手を胸の上で重ねると、静かに目を閉じた。

「頼むわ、おえんちゃん……」

髪に挿した黄楊《つげ》の櫛《くし》から、青白い霧のようなものが流れ出す。これが、おえん

——煙羅《えんら》なのだ。

ところが、空間に漂う青白い霧が突然、弾《はじ》けて四散した。

同時に、糸の切れた操《あやつ》り人形のように、お光が、くたくたと地面に崩れ落ちる。

「どうした、お光、しっかりしろっ」

京之介は、意識を失ったお光に飛びついた。

四

ぺったら、ぺったら、ぺったらという耳障《みみざわ》りな足音が近づいてきた。

岩太が顔を上げると、店の入口のところに、ちょろ松こと千代松の顔がある。

外は、もう夕暮れであった。

「へへへ。旦那、親分、どうも」

愛想笑いをする千代松に向かって、岩太がむかっ腹を立てる。

「何が、どうもだ、この野郎。今、取り込み中なのが、見てわからねえのかっ」

そこは池之端仲町にある一膳飯屋《いちぜんめしや》の奥で、切り落としの四畳ほどの小座敷がある。

今、その小座敷に、お光が寝かされていた。脇には、和泉京之介が座って、十七娘の右手を握っている。

先ほど——例の丁字路で意識を失ったお光を、ここまで運んで、通りすがりの医者に診《み》て貰った。

しかし、事情を知らない医者は、「脈も正常、心《しん》の臓《ぞう》の音も普通なので、暑気《しょき》中《あた》りではないかな。涼しいところに寝かさせてれば、気がつくじゃろう」と言う。

額に絞った濡れ手拭いをのせたお光を、京之介は瞬《まばた》きもせずに見つめていた。

「へい。ですが、こっちも急ぎのお話なんで」

千代松は愛想笑いをしたままで、しつこく言う。

「ちょろ松。また、駄法螺《だぼら》で酒を奢《おご》らせようってのかっ」

岩太が、拳骨を握り締めて立ち上がると、

「——岩太」京之介が静かに言った。

「とりあえず、どこかの店で話は聞いてやれ。俺は、ここにいるから」

「へい……」

この場で揉めて、これ以上、京之介の心を乱してはいけないと気づいた岩太は、店の外へ出て、千代松を引っぱってゆく。

てこない。

店の中は、急に静かになった。

親爺は奥に引っこんでいるし、ただ事でない雰囲気を察してか、客は誰も入ってこない。

「お光……俺が悪かった」

沈痛な声で、京之介は言った。

「いつも事件には関わるなと言っていたくせに、こんな時だけ、お前とおえんを頼るなんて……罰《ばち》が当たったのかも知れない」

「――いいえ」

そう言って、お光が、ゆっくりと瞼を開いた。

「良かった、気がついたのかっ」

京之介の顔が、驚きと歓喜に輝く。

「先ほどから、何となく、ぼんやりと……でも、京之介様のお声だけは、はっきりと聞こえました」

「そ、そうか……」

ばつが悪そうな表情になる、京之介だ。

「あたしが倒れたのは、京之介様のせいではありません。おえんちゃんが教えてくれたのですが……難しくて」

黄楊の櫛を住処《すみか》にしている煙羅は、お光の頭の中に直接、話しかけることができるのだ。

しかし、お光が煙羅に話しかける場合は、声に出す必要があった。

「やっぱり、あの場所は、おかしいそうです」

自分を見守ってくれている男の顔を、羞《はず》かしそうに見上げて、お光は言った。

「おかしい？　どんな風に？」

「おえんちゃんが、いきなり、引き千切られたみたいになったでしょう。あれは、ええと……〈場《ば》〉が乱れているんだそうです。場というのが、よくわからないんですが……」

その〈場〉とは、現代の言葉に直せば〈空間〉だろうが、この時代の人々にはそういう概念がない。

「つまり、人が入ってはならない禁断の地のようなものかな」

「そうかも知れません。あたしも、背中がぞくりとして……体中の血が足の方に下がってゆくような感じがして、目の前が真っ暗になってしまいました」

「ふうむ……」

理屈はわからないが、紅蝙蝠が消えたのは、そのためなのか——と京之介は考える。

「あの……」お光は、含羞《はにか》みながら訊いた。

「京之介様が、あたしを、ここまで運んでくださったんですか」

「そうだ」

「ふ、ふ……厭《いや》だわ」

嬉しそうに、お光は言う。

「厭がっては、いかん。もし、また、お前が倒れたりしたら、何度でも俺が運んでやる」

「じゃあ、あたし、倒れても安心ですね」

「そうとも。だから、安心して気を失うがいい」

「……光は、幸せ者です」

目を閉じて、お光は囁く。京之介の手を、そっと握り返した。

「お光……俺はな」

感情が昂《たか》ぶった京之介が、何か言おうとした時、

「旦那、大変だっ」

けたたましい声とともに、岩太が飯屋に飛びこんできた。

「っ⁉」

反射的に、お光は、握られていた右手を引っこめてしまう。

「何だ、騒々しいっ」

京之介は、本気で怒っていた。

「すいません、ですが……」

岩太は息を切らせながら、

「紅蝙蝠が見つかったんですっ」

「本当なのかっ」

思わず、竜之介は立ち上がった。

五

「待て、その棺桶《かんおけ》は持ち出してはならん。そこへ置けっ」

神田明神下《かんだみょうじんした》の同朋町《どうぼうちょう》――そこにある弁天長屋《べんてんながや》に、和泉京之介が乗りこんだ。

六軒長屋の一番奥の宅《うち》で、そこから出棺しようとしたところだ。

「俺は北の定町廻り、和泉京之介だ。棺桶を座敷に置いて、誰もそこを動くなっ」

そこで、弔《とむら》い酒を飲んでいた七人の男たちは、酔いが醒《さ》めた顔で、互いに見合う。

「あの……畏《おそ》れながら申し上げます。今月の月番は、南ではございませんか」

初老の町人が、おずおずと言った。

「お前は」

「家主の日野屋太兵衛《ひのやたへえ》でございます」

「そうか。これは、南の御奉行、牧野大隅守様のお声掛かりの詮議《せんぎ》だ。後で南にも報《しら》せる」

京之介は座棺《ざかん》に近づいて、

「蓋《ふた》を開けろ」

「へい……」

無精髭を生やした男が、太兵衛の方を見た。太兵衛が渋々、うなずくと、座棺の蓋を開く。

「む……」

京之介は目を見張った。

その中の死体は、髪が真っ白、顔は皺だらけで頬はこけている。軀は、木乃伊《みいら》のように萎《しな》びていた。

「これが、由松《よしまつ》という男か」

「はあ」

太兵衛が曖昧《あいまい》にうなずく。

「しかし……この宅に住んでいたごろつきの由松は、二十四、五だろう。これは、どう見ても、八十か九十くらいの年寄りではないか」

「わたくしたちも不思議で、一日前までは、迷惑なほど元気な男だったのですが」

ぼそぼそした喋り方で、太兵衛が言った。

「昨日の夕方、半年も溜まっている家賃の催促で覗いて見たら、この有様で。何が何だか、わかりません。講談で、死ぬほど怖いめに遭《あ》うと、若い男が一夜で老人になるという話を聞いたことがありますが……」

――千代松が売りこんできた種《ネタ》は、この由松の変死事件なのであった。

話を聞いた京之介は、岩太をお光の看病に残して、この弁天長屋へ駆けつけたのである。

「誰か他人ではないのか」

「でも、お役人様。皺だらけだけど、顔立ちは由松そのままなんです」

蓋を開いた無精髭の男——熊吉《くまきち》が言った。

「それに、首にかかってる掛守《かけまも》りも、確かに由松のものだし」

「これか」

京之介は、死体の首から下がっていた錦の袋を取った。

「お袋が、俺が生まれた時に鬼子母神《きしぼじん》の御札《おふだ》を貰ってきてくれた、そいつを大事に肌身離さず下げているんだ——と、柄《がら》にも似合わねえ殊勝《しゅしょう》なことを言ってました」

「ふむ……守札にしては、手触りが変だな」

掛守りの口を開いてみると、そこに入ってたのは、折り畳んだ守札ではない。黒っぽい顆粒《かりゅう》であった。

「これは……土か。どうして、掛守りの中に、土なんか入れていたのか」

それから、京之介は大家の太兵衛を見て、

「ところで——お前たちが隠しているものを、見せて貰おうか」

「いえ、別に、何も隠してなんぞ……」

太兵衛は狼狽《ろうばい》する。熊吉たちも一斉に、下を向いてしまう。

「太兵衛」と京之介。

「今なら、変死のホトケを黙って埋葬しようとしたことや、大事な証拠を隠そうとしたことは、不問にしてやる。だが、俺が家捜しして、その証拠が出てきたら、お前たち全員が関わり合いだぞ」

「お、お役人様っ」

熊吉が、枕屏風《まくらびょうぶ》の蔭の柳行李《やなぎごうり》に手を突っこむと、それを差し出した。紅色の鉢巻である。

「よし」

京之介は、それを受け取って、じっくりと見た。

報告書に書かれていた紅蝙蝠の鉢巻の特徴に、一致するようであった。

だが、それは、実際に目撃した南の同心に鑑定してもらった方が良いだろう。

「どうして、これを見つけた時に、素直に自身番《じしんばん》に届け出なかったのだ」

「お許し下さいっ」

太兵衛が、赤く焼けた畳に額を擦《こす》りつけて、

「この長屋に住んでいた者が紅蝙蝠だとなったら、重い罰を受けるのではないか

と心配になりまして……」

「それで、変死の由松は埋めて、鉢巻も処分するつもりだったのか……愚かなことを」

京之介は溜息をついた。それから、熊吉の方を見て、

「近くの自身番から、番太郎《ばんたろう》を呼んできてくれ——」

六

夜の両国橋を、三つの人影が渡って行く。

和泉京之介と岩太、そして、真ん中にお京という顔ぶれだ。

本所松坂町《ほんじょまつざかちょう》二丁目にある春秋長屋に、お光を送っていく途中なのである。

「それにしても、南が一月《ひとつき》近くも手こずっていた紅蝙蝠を、たった一日で捕まえちまったんだから、やっぱり、うちの旦那は大したもんだぜ」

岩太は、にこにこ顔で言った。

「捕まえてはいない。たまたま千代松の売りこみがあって、ホトケになった男を検分しただけだよ」

　京之介は、淡々と否定する。

　――南町奉行所へ番太郎が走って、京之介の伝言を伝えると、同心が三人も血相を変えて、弁天長屋に駆けつけてきた。

　その時には、京之介は、由松の宅の床下に数百両が入った瓶《かめ》が埋められているのを、見つけていた。

　そして、京之介は、彼らに事情を話して、家主の太兵衛たちの処分を穏便にと頼んでから、お光を休ませている池之端仲町の一膳飯屋へ戻ったのだった……。

「でも、せっかくの大手柄を南にくれてやるなんて、勿体《もったい》ないじゃありませんか」

「紅蝙蝠は、元々は南が扱っていた事件だ。俺は、平田様の命令で少し手伝っただけだから」

「欲がないなあ、旦那は。もっとも、そこが良いとこなんだが。ねえ、お光さん」

「そうですね、親分」

　くすぐったそうに微笑する、お光だ。

「それにな――」と京之介。

「事件は、まだ解決していない」

「へえ？　ですが、紅蝙蝠の正体もわかって……」

「俺は、紅蝙蝠は二人いると考えている」

「何ですってっ」

岩太は、度肝《どぎも》を抜かれたようであった。

「事件の報告書をよく読むと、一件目、三件目、五件目の事件で、紅蝙蝠の匕首《あいくち》で多くの者が斬りつけられている。だから、凶盗と言われるわけだが」

三件目の質屋が襲われた時は、七歳の男の子が重傷を負って、数日前に息を引き取ったという。

「俺はそれが許せなくて、あの丁字路で、つい、お光に無理をさせてしまったんだ」

「まあ……」

お光は尊敬の眼差しで、男の横顔を見上げた。

「で――二件目、四件目、六件目の事件では、紅蝙蝠は匕首で脅かしただけで、血は流していない。そこが妙だったが、紅蝙蝠が二人いるとなれば、納得がいく。たぶん、由松は二件目の奴だろう」

「なるほどねえ……」

「大体、押し込みに入るにしても、それなりの下見は必要だろう。四、五日に一件じゃ、ろくに調べる暇もない。だが、交代で十日に一件ずつなら、何とかなる」

「わかった」岩太は手を打った。

「二人一役だったから、紅蝙蝠は、わざと目立つ紅色の鉢巻をしてたわけですね。一人の仕業に見せかけるために」

「さすが、岩太親分だ。察しがいい」

「からかっちゃいけませんよ」

岩太は照れ隠しに、つるりと顔を撫でる。

「二人一役をするくらいだから、たぶん、二人とも背格好が似ているんだろうな」

「ですが、一体、何のために、そんなことをしたんでしょう」

「たとえばだが――」と京之介。

「由松が町方に目をつけられて、見られているとする。その時に、相棒が事件を起こせば、由松は嫌疑を逃れられる……そんな風に企《たくら》んだんじゃないか」

「恐ろしいほどの悪知恵ですねえ」

岩太は腕組みして、感心した。

「俺はこの推測を、南の同心殿に話した。相棒は、由松の知り合いだろうから、じきに判明するだろう」

「残っているのは……紅蝙蝠が袋小路で消えた謎ですね」

主従の遣《や》り取りを聞いていたお光が、言う。

三人は、東両国広小路《ひがしりょうごくひろこうじ》を右へ折れて、尾上町《おのえちょう》の通りに差しかかっていた。

「それも、相棒が捕まれば、わかるだろう。由松が異常な死に方をした理由も、な」

京之介は、肩をひと揺すりして、

「これで、平田様に仰せつかった役目は果たせたから、御役御免《ごめん》だ。もう、こんな厄介《やっかい》な事件は、懲《こ》り懲《ご》りだよ」

そう言った時――夜空に、呼子笛《よぶこぶえ》が鋭く鳴り響いた。

「紅蝙蝠だ、紅蝙蝠が出たっ」

「伊勢屋《いせや》が襲われたぞっ」

どこからともなく、叫び声が聞こえてきた。

「旦那っ」

懐《ふところ》から十手《じって》を抜いて、岩太が駆け出そうとする。

「待て」

京之介は真剣な眼差しで、お光を見て、

「岩太、お光を長屋まで送ってやれ。頼んだぞ」

返事も聞かずに、京之介は、左手で大刀《だいとう》の鞘《さや》を摑んで、走り出していた。

その後ろ姿を残念そうに見送った岩太の袖《そで》を、お光が、そっと引く。

「──親分、お願い」

現場へ連れて行ってくれ──という謎かけであった。

「ええ？　でも、たった今、長屋へ送ってやれ──と旦那に言われちまったからなあ」

「後生《ごしょう》です」

両手を合わせて哀願するお光の可憐さは、神々《こうごう》しいほどであった。

「う──ん……」

考えてみると──この前の〈廻《まわ》り地蔵《じぞう》〉事件の時も、お光が現場に来て煙羅を出動させなければ、京之介の命はなかったのである。今度の紅蝙蝠にしても、二人組のうちの凶暴な方だから、どんな卑怯《ひきょう》な手を使うか、わかったものではない。

「よしっ」岩太は覚悟を決めた。

「お光さん。二人で、旦那のお小言《こごと》をくらおうか」

七

「そっちだ、この奥へ行ったぞっ」

和泉京之介は、捕方を率いて北へ駆ける。

――紅蝙蝠を見つけた南の定町廻り同心は、出会い頭《がしら》に匕首で腹を刺されて、重傷を負っていた。

だから、京之介は、戸板に寝せて医者を呼ぶようにと御用聞きに指図している……。

右手は関東郡代《かんとうぐんだい》の本所牢屋敷、左手は旗本の和田家《わだけ》の屋敷、どちらも高い塀が続いていた。

そして、この通りの突き当たりは、国富山回向院《こくぶさんえこういん》の堀割であった。

さらに、堀割と牢屋敷の間の東側の道からも、堀割と和田屋敷の西側の道からも、捕方の一隊が突進してくる。

北側は堀割、そして南と東西から捕方が押し寄せて、紅蝙蝠は退路を断たれた。南の同心たちが、紅蝙蝠はもう一人いると思う——という京之介の意見を聞き入れて、捕方による巡回を中止しなかったことが、幸いしたのである。

「紅蝙蝠、由松は死んだぞ。もう、二人一役はお終《しま》いだ。諦めて、観念しろっ」

油断なく十手を構えて、京之介が言う。

「ふん……」

紅色の鉢巻を締めた凶賊は、鼻で嗤《わら》った。

彼の背後は一間《いっけん》ほどの狭い堀割で、飛び越えることは不可能ではない。

だが、堀割の向こう側は塀だから、紅蝙蝠が着地する余地はなかった。

たとえ、無事に塀に張りついたとしても、捕方に六尺棒を何本も投げつけられたら、水の中に落ちるしかないのだ。

そして、どっちを向いても、身を隠す場所はない。

したがって、匕首しか持たない紅蝙蝠に、この囲みを脱出する方法はない——はずであった。

「間抜けめ。てめえらのような薄のろに捕まるような、俺様じゃねえ」

「では、どうやって逃げるつもりだ。出来もしないことを言うのは、三下《さんした》の証拠だぞ」

京之介は、相手に奥の手を出させるために、挑発した。

「抜かしやがったな」

紅蝙蝠は匕首を左手に持ちかえると、右手を懐に滑りこませる。

「見て、驚くなよ……」

頬被りの下で、にやりと嗤った紅蝙蝠の顔が、

「うっ？」

急に強ばった。

そして、京之介たちの目を疑うような現象が起こった。

「おかしい……こ、こんな……」

呻《うめ》くように言った紅蝙蝠の姿が、まるで波紋の広がる水面に映したそれのように、ゆらゆらと乱れてゆく。匕首が地面に落ちた。

「苦しい……違うっ……が…がいい、助けてくれぇぇぇっ」

絶叫した紅蝙蝠の肉体と衣服が、地面に落とした土人形が割れるように、崩壊

した。

そして、あっという間に、その破片が粉になって、舞い散る。

地面に残ったのは、血塗られた匕首と掛守りだけであった。

二十数名の捕方たちは、ただ唖然《あぜん》とするばかりだ。

京之介だけが、紅蝙蝠の消滅した場所へ近寄って、

「この掛守りに、何か秘密があるのか」

そう言って手を伸ばした時、

「──触れてはならぬ」

右手の方から、声がかかった。

見ると、捕方たちの背後に、杖を手にした小柄な老人が立っている。

その老人は、全く助走なしに、ふわりと捕方たちの頭上を飛び越えた。そして、音もなく、京之介の前に立つ。

着物は、元の色や模様が何だったかもわからぬくらいに汚れて襤褸布《ぼろぬの》のようだし、乾燥した海草のように縮れた蓬髪《ほうはつ》を、腰まで垂らしている。一枚歯の下駄を履いていた。

「何者かっ」

さっと跳び退《の》いて、京之介は十手を構える。

「その愚かな伝兵衛《でんべえ》が、死ぬ前に口にしたであろうが。わしの名は凱夷《がいい》、外道士《げどうし》の凱夷という者じゃ」

凱夷は、節くれ立った杖の先で、ひょいと掛守りを引っかけて、左手に納めた。

「外道士……紅蝙蝠の二人に、得体の知れない術を教えたのは、お前かっ」

「うるさい小僧だな」

凱夷は杖の先端を、とんっと地面に突き立てた。

その瞬間、見えない波動のようなものが周囲に広がって、その場にいた捕方たちが、ばたばたと倒れる。

「むむ……これは？」

京之介も意識を失いそうになったが、地面に片膝を突いて、何とか堪《こら》えた。

「ほほう、えらく意志の強靱《きょうじん》な奴がおるのだな。並の人間なら、二刻《ふたとき》は目を覚まさぬのに」

凱夷は感心したように言う。

「だが、目障《めざわ》りじゃ」

杖の先端を、京之介の方へ向けた。

「わっ」

羽子板で打たれた羽子《はご》のように、京之介の軀は後方へ吹っ飛ぶ。

その後頭部が旗本屋敷の塀に激突して、生卵のように粉砕されようとした瞬間
――ふわりと受け止めたのは、青白い霧のようなものであった。

「旦那っ」

「京之介様っ」

駆けつけてきたのは、岩太とお光である。

和泉京之介の危機を目撃したお光は、とっさに、煙羅に助けを求めたのだった。

「この爺ィ、旦那に何をしやがったっ」

岩太は、十手で打ちかかろうとしたが、

「よせ、岩太っ」

お光に支えられた京之介が、制止した。

「残念だが、俺たちでは到底、歯が立たぬ相手だ」

「ふん……少しは、わかっておるな」

凱夷は満足げに、薄く笑った。

「おえんちゃん、お願いっ」

お光が言うと、煙羅は、外道士の老人の方へ長く伸びてゆく。

「ほう、ほう。これは煙羅か、初めて見るわい」

怖れる風でもなく、凱夷は言った。

煙羅は、その痩せた首に蛇のよう巻きつく。そして、締め上げた。

が、凱夷は苦しむ様子もない。

「何と、この妖は魂が欠けておるではないか。そうか、昔のことは忘れているのじゃな。これは興味深い」

そう呟いた凱夷は、右手で煙羅をつかんだ。

気体を素手でつかんだのだから、完全に常識外の能力である。

首からひっぺがすと、煙羅は煮こごりのように固まってしまう。

「たわいもない」

凱夷は塵《ごみ》でも放るように、それを、お光の方へ投げ捨てた。

八

「おえんちゃんっ」

お光は、固まってしまった煙羅を揺するが、返事はなかった。

「凱夷、その掛守りの中の土は、何だっ」

ようやく軀の自由が戻った和泉京之介が、脇差《わきざし》の柄《つか》に手をかけて問うた。

「盗人神《ぬすっとがみ》の土よ」

飄々《ひょうひょう》とした口調で、凱夷は言う。

「盗人の…神……？」

「知らぬか。上総国《かずさのくに》市原郡《いちはらごおり》に、健市《たけし》神社がある。昔、この神社の森に盗人が逃げこむと、役人たちが追っても見つからず、捕まらなかった。それで、盗人神と呼ばれるようになったのじゃ。掛守りの中の土は、その健市神社の森の土でな」

凱夷は、下駄の歯で地面の匕首を、ぽんと蹴って、

「凡俗の者に説明するのは大変だが、お前たちが見ているのは、大通りだけなのだ。しかし、実は、大通りの脇には目に見えない路地がある」

「……？」

「大通りを歩いていた者が、路地へ入りこむと、お前たちの目には見えなくなる。そして、路地の別の口から大通りへ出てくると、あたかも、瞬時にそこへ移動したかのように見えるわけじゃな。唐土《もろこし》では、縮地《しゅくち》の術と呼ぶらしい」

「つまり、紅蝙蝠の二人は、盗人神の力で袋小路から消えていたわけか」

健市神社の森の土には、空間に作用する未知の力があるのだろう。

それによって、紅蝙蝠は空間転移をして、捕方の囲みから逃れていたのである。

「そうじゃ。ただし、その代償は大きい。だから、由松は生気を吸い取られ過ぎて死んでしまったし、伝兵衛は生きたまま砕けてしまった」

凱夷は、にんまりと嗤って、

「じゃが、欲深い阿呆《あほう》二人に試用させたおかげで、何とか、この土の力を御《ぎょ》する目途《めど》がついたわい。——さて」

急に冷たい目つきになって、凱夷は、京之介たち三人を見た。

「今、思い出したが……お前たちは、闇心《あんじん》と無間《むげん》を倒した奴らではないか」

「貴様、あの二人を知っているのか」

「勿論《もちろん》だ。阿奴《あやつ》らに外道の術を教えたのは、わしだからな。妖を使役するとか、妖を造り出すとか、児戯にも等しいことしか出来ぬ盆暗《ぼんくら》じゃったが……まあ、それでも弟子は弟子であったし……ここは仇討《あだう》ちでもしてみるか」

「ぬっ」

京之介は脇差を抜いた。

刃引きした大刀と違って、真剣である。もっとも、この怪人物に刃物が通用するとは思えないが。

「うーん……お前は、心の臓をつかみ出して見ようか。そこの娘は、細い首を綺麗に斬り落としてやろう。ずんぐりした奴は、天頂《てんちょう》から股間まで、縦一文字に断ち割るかな」

恐ろしいことを口走る、凱夷だ。

「そんなことは、させんっ」

京之介は、お光と岩太を背中で庇《かば》う。

「三枚下ろしになったって、この岩太が、お光さんには指一本触れさせねえっ」

岩太もお光の前に立って、両腕を広げた。

「威勢がよいのは結構だし、命賭けで他人を庇う気持ちは、見上げたものじゃ。だがな」

凱夷は一歩、前へ出た。京之介たちは後退《あとずさ》る。

「この世にはな、気合や根性だけでは、どうにもならぬものがあるのだぞ」

「――その通りだ」

突然、若い娘の声がして、凱夷に向かって黄色っぽい炎の弾《たま》が飛んでくる。

「むうっ」

凱夷は、その炎の弾を杖の頭で払った。

炎の弾は堀割に落ちて、水蒸気が派手に立ち上る。

「誰じゃっ」

炎弾を吐いたのは、両眼と嘴《くちばし》のある真っ赤な炎の塊であった。〈松明丸《たいまつまる》〉と呼ばれる妖だ。

その松明丸が飛んでいった先――牢屋敷の塀の上に、黒い影法師が立っている。

「陰陽師《おんみょうじ》、長谷部《はせべ》透流《とおる》、見参《けんざん》っ！」

地面に降り立った影法師は、筒袖《つつそで》の半着に革の袖無《そでな》し羽織《ばおり》を着ていた。膝の上までの四幅袴《よのばかま》を付けて、焦茶色の手甲《てっこう》と脚絆《きゃはん》、草鞋《わらじ》履きという姿。頭には、六角形の板笠を被っている。

今までに何度か、お光たちの危機を救ってくれた、凄腕の娘陰陽師であった。

「ふうむ……お前が噂に聞く破星部《はせべ》家の生き残りか」

男装娘を、凱夷は面白《おもしろ》そうに眺める。

「ご苦労なことじゃ。わざわざ、この三人と一緒に死ぬために出てきたのかえ」

「天地の理《ことわり》から外れた外道の術で、破星部流四鬼神の術が破れるかっ」

「その術、見せて貰おうか」

「おうっ」

透流は、両手で印を結ぶと、「臨《りん》、兵《びょう》、闘《とう》、者《しゃ》、皆《かい》、陣《じん》、列《れつ》、在《ざい》、前《ぜん》っ」と九《く》字《じ》を唱《とな》えて、宙を斜めに九回、払った。

空中に、指先の軌跡で九芒星《きゅうぼうせい》を描いたのである。

「出《い》でよ、水鬼《すいき》、木鬼《もっき》、土鬼《どき》！」

白く光る九芒星の中から、三つの影が飛び出した。

最初の影は、堀割に飛びこんだ。

すると、水面を割って、柄杓《ひしゃく》を手にした手が突き出される。〈舟幽霊《ふなゆうれい》〉と呼ばれる妖であった。

その柄杓が一振りされて、中の水が水弾となって凱夷を襲う。

意外な速さで凱夷が跳び退《さ》がると、水弾は地面に激突した。

直径一尺ほどの擂鉢状《すりばちじょう》の穴が開いた。人間の胴体に命中したら、軀が二つに千切れるだろう。

凱夷が着地したところに、椋《むく》の巨木があった。これが、第二の影で、〈樹娘《きむすめ》〉という妖である。

樹娘は、多くの枝を伸ばして、あっという間に凱夷を捕まえてしまう。

「むむ……これは妖樹か」

外道士の老人は、顔をしかめた。

そして、第三の影は、高さ五尺ほどの土の球体であった。

真ん中に、大きな一つ目がある。〈土転び《つちころび》〉であった。

その土転びは、ごろごろと転がって、捕まっている凱夷に体当たりをする。

「ぐっ」

凱夷は低く、呻いた。

「今だ、松明丸。焼き尽くせっ」

透流の命令によって、上空を旋回していた火鬼の松明丸が急降下してきた。

嘴を広げて、かっと炎の弾を吐こうした刹那《せつな》、

「喝《かつ》っ！」

大地を裂くような大音声《だいおんじょう》で、凱夷は気合を発した。

すると、舟幽霊が柄杓を松明丸に向けて、振る。

水弾を口の中に叩きこまれた松明丸は、苦しげに鳴いて、消滅した。

さらに、樹娘が見る見るうちに枯木となって、倒壊する。

自由になった凱夷が杖を振ると、土転びも、がらがらと崩れた。

舟幽霊も、無数の水滴になって飛び散る。

「なかなか、やるのう」と凱夷。

「これなら、土御門家《つちみかどけ》の当代《とうだい》に見劣りせぬ技量ではないか」

「何という力だ……」

透流は唖然とした。四体の四鬼神が、赤子の手をひねるようにやられてしまったのだ。が、すぐに、腰の後ろに差していた短剣を引き抜く。

刃渡りは七寸――二十センチ強の両刃《もろは》の短剣であった。

「ふふふ、笑止《しょうし》。術でかなわぬ相手に、刃物で勝てると思うのか」

「言うなっ」

板笠を脱ぎ捨てて、透流は猟犬のように、凱夷に飛びかかった。

が、凱夷が杖を一振りすると、見えない壁にぶつかったかのように、透流の軀は弾き飛ばされる。

地面に叩きつけられた透流の手から、短剣が吹っ飛んだ。あまりの衝撃に、透流は動けなくなる。

「生意気な小娘は、生きたまま四肢を千切ってくれようか」

「やめてっ」

お光が、透流の上に覆いかぶさった。

「邪魔だてするな、此奴《こやつ》っ」

凱夷が杖を振り上げた時、短剣を拾い上げた京之介が、それを投げつけた。

とっさに、自分の脇差よりも陰陽師の透流の短剣の方が凱夷には威力があるはずと判断したからだ。

「おがっ⁉」

両刃の短剣は、見事に老人の胸の真ん中を貫いた。が、血は一滴も流れない。

凱夷は、じろりと京之介を睨みつけて、

「小僧……本当に諦めを知らん奴だな」

「む……」

京之介は、たじろいだ。攻撃の次の手は、ないのである。

「ふう……面倒になった。年寄りが、今夜は色々と働き過ぎじゃ」

凱夷は、吐息をもらしてから、

「お前たち、今度逢《あ》ったら必ず殺してやるから、楽しみにしておれ」

そう言った凱夷の軀に、異様な変化が現れた。

その姿が、次第にギヤマンのように透《す》けていったのである。

「さらばじゃ……」

声だけが聞こえて、空中に残ったのは短剣のみ。その短剣が、吊り糸が切れたように、地面に落ちた。

怪魔人・凱夷が消えると、煮こごりのように固まっていた煙羅が、元の霧状の気体に戻る。

そして、お光の黄楊の櫛に戻った。

「旦那……助かったんですかね、俺たち」

恐る恐る岩太が言うと、京之介もうなずいて、

「そうらしい。九死に一生を得るとは、まさにこの事だな」

それから、京之介は短剣を拾い上げると、お光と透流の方へ行った。

「大丈夫か、頭は打っていないか」

「うるさいっ」

お光を押しのけて、透流は起き上がろうとした。だが、右腕を押さえて、呻き声を上げる。

「骨が折れたのではないか、ちょっと見せてみろ」

京之介は短剣をお光に渡して、透流の右腕に触れた。

「う……痛いじゃないか、馬鹿っ」

「折れてはいないが、ひょっとしたら、骨に皹《ひび》が入ったかも知れんな。とにかく、医者へ行こう」

「放っておけ、寝てれば治るっ」

透流は、京之介の手を振り払ったが、激痛が頭まで突き抜けたらしく、無言で歯噛みする。

「では、駕籠《かご》で、お家《うち》まで送らせて」

そう言って、お光が短剣を差し出した。

左手でそれを受け取った透流は、苦労して背中の鞘に納める。

「おれに家なんかあるか。大抵は木賃宿《きちんやど》か、山の中で野宿だ」

「まあ……」

お光は眉をひそめて、それから、ぱっと明るい表情になった。

「だったら、宅にいらっしゃい。長屋で狭いけど、女が二人で寝るくらいは大丈夫。夜具も貸してもらえるから」

「何を言ってるんだ、お前、正気か。おれは四鬼神を操る陰陽師だぞっ」

「ええ。あたしも、おえんちゃんと一緒だから、おんなじね」

お光は、無垢《むく》な笑みを見せる。透流は、眩《まぶ》しそうに目を逸《そ》らせて、

「そんなに言うなら、泊まってやらないこともないが……」

「そうしろ。俺たちの命を助けてくれた礼代わりだ。失礼だが、医者代は俺に任せてくれ」

京之介もそう言うので、透流は、ますます困惑したようであった。

「本当に変な奴らだな。陰陽師が怖くないのか」

「安心しろ」と京之介。

「俺たちは普通ではないことに、もう、だいぶ慣れた」

「旦那、駕籠を呼んできますか。それとも、捕方たちを叩き起こしますかね」

岩太も、平然として言う。

「ここから春秋長屋なら、歩いた方が早い。お前、ご苦労だが、この娘を背負って連れて行ってくれ」

「別嬪《べっぴん》を背負うのは、いつでも歓迎でさあ」

張り切る岩太だ。

「で、旦那は？」

「俺はその間に、捕方が目を覚ましたら、何と説明すればいいか、考えておく」

周囲を見まわして、和泉京之介は溜息をついた。

「紅蝙蝠の伝兵衛の消失と凱夷のことだが、さあ、どう言い訳したものやら……」

第三話　死神娘《しにがみむすめ》

一

その屋敷は、東叡山寛永寺《とうえいざんかんえいじ》の裏手――金杉村《かなすぎむら》にある。

長谷部透流は、裏門の潜《くぐ》り戸《ど》から入ると、耳の遠い老僕に躑躅《つつじ》の花が咲く庭に案内された。

板笠をとって、沓脱石《くつぬぎいし》の前に片膝をつき、頭を垂れる。

「長谷部家当主、透流、参りました」

座敷に向かって、そう挨拶した時、ひゅんっと弦音《つるおと》がした。

はっと顔を上げた瞬間、その左耳をかすめるようにして、矢が飛び去った。節《ふし》のある素朴な造りの矢は、灌木《かんぼく》の繁みに消えた。

同時に――叫びにならぬ叫び、悲鳴にならぬ悲鳴が弾《はじ》けて、黒い瘴気《しょうき》のようなものが飛散した。

「――追儺《ついな》には時期外れだが、葦《あし》の矢だ。どうだ、透流。肩が軽くなっただろう」

桃の弓を手にした水干《すいかん》姿の若い男が、言った。

陰暦十二月の晦日《みそか》の夜――宮中では追儺が行われ、陰陽寮《おんみょうりょう》から配られた桃の弓で葦の矢を射て、疫鬼を払う。

桃にも葦にも、邪気に対抗する呪力があるのだ。

「自分の軀に退治した妖《あやかし》の怨念が残留しているのにも気づかず、この晴嵐《せいらん》の屋敷を、のこのこ訪れるとは……破星部流も落ちたものだな。俺はこの座敷にいて、お前が潜り戸から入ってくる前から、その穢気《えげ》を察知していたぞ。お前の亡《な》き父《てて》御《ご》は、もう少しましだったと聞くがなあ」

晴嵐と名乗った男は、薄ら笑いを浮かべて言う。秀麗な貴公子だが、目に険《けん》があった。

「透流が未熟でございました。お許し下さい」

「ふん……まあ良い。それでも、京の土御門宗家《つちみかどそうけ》の当代《とうだい》よりは、お前の方が技量が上だわ」

「そのような畏《おそ》れ多いことは――」

「何が畏れ多いっ」

晴嵐は、桃の弓を放り出した。朱塗りの盃《さかずき》で、酒をあおってから、

「あの倉橋《くらはし》家から招かれた養子殿、泰栄《やすえい》殿はな。家司《けいし》どもの言いなりになる神輿《みこし》として、祭り上げられておるだけだ。宗家の血なら、俺の方が濃い。この名からして、先代の泰邦《やすくに》様から、偉大なる家祖様の一字をいただいておる」

土御門家の家祖とは、平安時代に天才陰陽師といわれた安倍晴明《あべのせいめい》のことである。

「それなのに、先代の庶子だというだけで、俺は、こんな荒夷《あらえびす》の国に追い払われたのだっ」

こめかみに血管を浮かび上がらせて、土御門晴嵐は喚《わめ》く。癇癪《かんしゃく》持ちなのであろう。

「先代が卒中《そっちゅう》で寝たきりにさえならねば、俺が宗家を継いでいたものを……いっそのこと、宗家を呪詛《じゅそ》してくれようかっ」

「晴嵐様。それをお口にしては…」

「うるさいっ」

怒鳴りつけた晴嵐の顔が、突然、縦に裂けた。

その裂け目から、ぶよぶよした赤黒い奇怪な塊が溢れ出てくる。

「うっ」

透流は、九字を唱《とな》えようとした。が、どうしたわけか、凍りついたように軀が動かない。

その間にも、赤黒い塊は畳の上を這い進んでくる。

「ち、父上……」

亡き父の魂に救いを求めたが、透流の五体は固まったままであった。

ついに廊下へ辿《たど》り着いた赤黒い塊は、透流の顔面めがけて飛びかかってきた
……。

「――透流さん、透流さん」

誰かに肩を揺すられて、長谷部透流は瞼を開いた。

目の前に、心配そうな表情をしたお光の顔がある。

有明行灯《ありあけあんどん》の淡い光に照らされて、十七娘は寝間着《ねまき》姿であった。

「どうしたの。ずいぶん、魘《うな》されていたわよ。怖い夢でも見たの」

「いや……別に……」

そう言って上体を起こした透流の軀は、汗まみれであった。

陰暦七月初めの夜――そこは、本所にある春秋長屋だ。

片側五軒で計十軒の貧乏長屋で、右側の一番奥が、お光の宅《うち》である。

柿葺《こけらぶ》きの屋根には御丁寧に草まで生えているという風情のある長屋だが、入口が一畳半の広さの土間《どま》、次が三畳、その奥が四畳半と意外に広い。四畳半の障子《しょうじ》を開くと、雑草が生い茂る狭い庭を眺望できて、風流なものであった。

お光と透流は、奥の四畳半に夜具を並べて寝ている。先月下旬――外道士《げどうし》・凱夷との闘いで右腕を怪我した透流に、お光が、自分のところで養生するようにとすすめたのであった。

抜群の体力を持つ透流は回復も早く、今では、日常生活にはほとんど不自由がないほどだ。

「はい、お水」

土間の水瓶《みずがめ》から湯呑みに汲んできた水を、お光は差し出す。

「あ…うん……」

湯呑みを受け取った透流は、それを一気に飲み干した。

お光は可愛らしい結綿髷《ゆいわたまげ》だが、透流は髷を結わずに、前髪を眉の上で水平に切り揃えている。

左右の鬢《びん》は鎖骨《さこつ》に届くほど長く垂れているが、後ろ髪は項《うなじ》までしかない。髪の先端を、斜めに切り揃えているのだ。

色白で整った顔立ちだが、刀眉《とうび》と呼ばれる一文字の濃い眉が、容易に他人を寄せ付けぬ雰囲気を醸《かも》し出している。

長身で、苛酷な修業を積んだのか、引き締まった軀つきをしていた。

そのためか、晒《さら》し布を巻いた胸乳《むなぢ》は、小さめである。

「お前……どうして、こんなに親切にしてくれるんだ」

「だって、あたしたち、友達でしょう。友達が困っていたら、助けるのが当たり前よ」

「は? おれが、いつ、お前の友達になったんだっ」

透流が、刀眉を逆立てた。

「だって、何度も、あたしや京之介様の命を救ってくれたじゃない」

不思議そうに、お光は男装娘を見つめる。

「それとも……あたしたち、友達じゃなかったの?」

お光が悲しげな表情になったので、透流は慌てた。

「いや、そうじゃなくて…その、なんて言うのか……つまり……」

透流は、がりがりと頭を掻いて、

「おれには友達ってのが、よくわからないんだよ。今まで、友達なんて……いなかったから」

「そうなの。良かった」

お光は、透流の手を取って、

「あたしが、透流さんの初めての友達なのね。嬉しいわ。あたし、ずっとお姉さんが欲しかったの」

透流は十八だから、十七歳のお光よりも一つ上になる。

「友達で、姉なのか……まあ、いいだろう」

何となく、満更《まんざら》でもない透流であった。

「さあ、まだ夜明けまで間があるから、休みましょ」

「うん……」

二人は夜具に横たわる。

（そろそろ晴嵐様の屋敷に、凱夷のことを報告しに行かないと……厭《いや》だなあ）

そんなことを考えているうちに、長谷部透流は再び、眠りに落ちた。

二

「何だね、お前さんは」

「はい。見ての通りの貸本屋でございます」

縦長の大きな風呂敷包みを背負った男が、ぺこりと頭を下げる。

「玉屋七兵衛《たまやしちべえ》と申します。どうぞ、ご贔屓《ひいき》に」

「貸本屋なら、うちは出雲屋《いずもや》さんが来てるから」

「はい、はい」

七兵衛は愛想良くうなずいて、

「当節は、どこの大店《おおだな》でも出入りの貸本屋がおりますね。ですが、わたくしの方も、豊富な新刊をご用意してございますんで。たまには、別の貸本屋の品揃えに目を通されるのも、退屈しのぎになると存じますが」

「たまに——だから、玉屋か。面白《おもしろ》い洒落《しゃれ》だな」

人の良い豊松《とよまつ》は、笑顔になった。

日本橋の扇商《おうぎしょう》〈巴屋《ともえや》〉は、大奥御用達《おおおくごようたし》の店で、諸大名や大身旗本《はたもと》の屋敷へも出入りしている。

下男《げなん》の豊松が、貸本屋の七兵衛と話しているのは、脇木戸《わききど》の前の路地であった。

そこで豊松が掃き掃除をしていたら、七兵衛がやってきたのである。

長谷部透流が悪夢を見た日──その正午前だ。

「よし。とにかく、お嬢様に訊《き》いてやろう。だけど、あんまり期待しちゃいけないよ」

「はい、それはもう、訊いていただけるだけでも……ありがとうございます」

「じゃあ、そこで待ってな」

竹箒《たけぼうき》を持った豊松は、裏木戸の向こうへ引っこんだ。

路地に残った七兵衛は、荷物を揺すり上げてから、

「……」

さりげなく周囲を見まわす。

昼は愛想笑いを浮かべたままだが、その両眼には、ひやりとするような冷たい光があった。

すぐに豊松が戻ってきて、

「お嬢様が見てみたいとおっしゃった。こっちへ入ってくれ」

「畏れ入ります」

小腰をかがめて、七兵衛は庭へ入る。

枝折戸《しおりど》の方へ歩いてゆく豊松に、七兵衛は続いてゆく。

その時、彼の足元を、何か黒い影が掠《かす》めた。

「む？」

驚いた七兵衛が、貸本屋とは思えぬほどの跳躍力で、母屋《おもや》の軒《のき》の方へ跳ぶ。

そこに着地した瞬間、頭上へ落ちてきたものがあった。

屋根瓦である。しかも、運の悪いことに、その角の部分が、七兵衛の脳天を直撃した。

瓦は割れて飛び散り、

「げっ……」

白目を剝《む》いて、七兵衛は倒れた。

背中の荷物が崩れて、読本《よみほん》や草双紙《くさぞうし》などが周囲に放り出される。

「か、貸本屋さんっ」

狼狽《うろた》えた豊松が、七兵衛の軀を揺すったが、何の反応もなかった。絶命したのだ。

「なんてことだ……」

豊松が、蒼白になって呟いた。

「これで……四人目じゃないか」

三

「――で、何が四人目なんですか」

お光がそう訊くと、岩太は身を乗り出した。

「そこだよ、お光さん。巴屋の一人娘のお菊《きく》――〈日本橋小町《こまち》〉と呼ばれるほどの美人だが、実は、この十八娘のまわりで、もう三人も変死人が出てるんだ。だから、今日の貸本屋の死で、四人目ってわけさ」

「まあ……そんなことって、あるんでしょうか」

その日の午後――北町奉行所定町廻《じょうまちまわ》り同心《どうしん》の和泉京之介と御用聞《ごようき》きの岩太は、いつものように、西両国広小路の掛け茶屋〈橘屋〉へとやってきたのだ。

「まずは、五月初旬――明日は端午《たんご》の節句という日のことだった。下女《げじょ》のお春《はる》というのが、お菊が風邪気味だというので、台所で玉子粥を作っていたんだ」

すると、竈《かまど》の火が着物の裾《すそ》に燃え移って、あっという間に火達磨《ひだるま》になってしまった。

周囲の奉公人たちが、土間の内井戸から急いで水を汲み上げて、何杯もかけたのだが、お春はそのまま死んでしまったのである。

店の跡取り娘の粥を作っている最中に焼死した——というので、お春は、無類の忠義者、奉公人の鑑《かがみ》と褒めそやされたという。

お菊も大いに衝撃を受けて寝こんだが、半月ほどしてから床上げをした。

そして、久しぶりに、旗本の未亡人が開いている琴の稽古所へ行くために、女中のお島《しま》と一緒に出かけたのである。

神田小川町の旗本屋敷での稽古が済んでから、お菊とお島は、富士見坂を上りだした。

坂の上からは、空《から》の大八車《だいはちぐるま》が下りてくるところだった。

と、前で牽《ひ》いていた人足《にんそく》が、躓《つまず》いたか何かで、前のめりに倒れてしまった。

そして、制動役を失った大八車の車輪に、轢《ひ》かれてしまったのだ。

荷台を後ろから押していた人足は、暴走し始めた大八車から離れようとした。

だが、着物の袖《そで》が引っかかって、そのまま引きずられてしまう。

そして、お菊の目の前を凄い勢いで走り抜けた大八車は、上総国大多喜藩《かずさのくにおおたきはん》二万石の上屋敷の塀に激突した。

大八車は大破して、海鼠塀《なまこべい》も崩れた。

車輪に轢かれた人足は、内臓が破裂して即死。

大八車に引きずられた人足の方は重傷を負って、未だに意識が戻らないという。

凄惨な事件が二つも続いたので、お菊は、すっかり怯《おび》えてしまい、外出しなくなった。

それを心配した父親の幸兵衛《こうべえ》は、久保町《くぼちょう》の紅白粉商《べにおしろいしょう》〈岡本屋《おかもとや》〉へ遊びに行ってはどうか――と娘に勧めた。

岡本屋の次女のお峰《みね》は、お菊の踊りの稽古仲間だから、気晴らしになるだろうと幸兵衛は考えたのだ。

その気になったお菊に、幸兵衛は念のために、手代《てだい》の兼吉《かねきち》を付けた。

万一、何か不測の事態が起こった時に、女中や丁稚小僧《でっちこぞう》では、お菊を守りきれないと思ったからだ。

お菊と兼吉は中橋広小路を通って、京橋を渡り、出雲町の先を右へ折れる。

その先の外濠《そとぼり》から汐留川《しおどめがわ》が分かれるところには、土橋が架《か》かっていた。

二人が土橋を渡り始めた時、橋の向こう側で、数人のごろつきが喧嘩を始めたのである。

近くにいた人々は、とばっちりを喰《くら》わないように、一斉に土橋を渡ってきた。

「お、お嬢様っ、早くこちらへっ」

手代の兼吉は、お菊と一緒に、橋の袂《たもと》まで退《さ》がろうとした。

が、お菊の手を直《じか》に握って良いものかどうか、一瞬、躊躇《ためら》った。

そこへ、太った職人らしい男が、逃げてきたのである。

その男は、肩越しに喧嘩の方を見ながら逃げていたので、お菊の存在に気づかなかったらしい。

もう少しで、お菊を肩で撥《は》ね飛ばすところまで駆けてきた時、

「おあっ」

突然、男の軀がくるりと半回転したのである。

手摺《てす》りのない土橋だったから、たまらない。その男は態勢を崩して、汐留川に落ちてしまう。

運の悪いことに、落ちた先の水面から棒杭が飛び出していた。

その棒杭に脾腹《ひばら》を打たれて、男は死んでしまった。

その事故に驚いたのか、喧嘩をしていたごろつきどもは、蜘蛛《くも》の子を散らすように逃げ去った。

これで、三人目——さすがに、世間の人々は巴屋のお菊を奇異の目で眺めるようになった。

そして、日本橋小町は〈死神娘《しにがみむすめ》〉と呼ばれるようになったのである。

その異名は、巴屋幸兵衛の耳にも、お菊の耳にも届いた。

お菊は、家の外どころか、部屋からも出なくなった。

そして——籠もりきりのお菊のことを心配した下男の豊松が、新顔の貸本屋を敷地内に入れた途端、四人目の死者が出たというわけだ……。

「でも……亡くなった貸本屋さんは気の毒ですが、それは事故なんでしょう」

「うん」と岩太。

「旦那と俺が、じっくりと現場を調べたが、何の種も仕掛けもない、瓦が落ちたのは間違いなく事故だ。貸本屋は、不運な奴だよ」

「だったら、お菊というお嬢さんには、関わりがないじゃありませんか」

身を揉むようにして、お光が訴える。

「世間の人が、みんな、お光さんみたいに考えてくれればいいが、現実はそうはいかなくてねえ」

「それでだな、お光――」

今まで岩太に喋らせて、黙って茶を飲んでいた和泉京之介が、口を開いた。

「四件とも事故には違いないが……気になることがあるんだ」

「京之介様、気になることって？」

「うん――」

若き腕利《き》き同心は、声を低める。

「どうして、貸本屋が突然、軒下まで跳び退《の》いたかというと……黒い獣が足元を過《よ》ぎったからだと言うんだな、豊松が」

「黒い獣……」

京之介は、さらに声を低めて、

「豊松は、ちらりと目の隅で見ただけだが、狐のようだった――と言ってる。無論、巴屋では黒い狐など飼ってはいないが」

「あっ」お光は小さく叫んだ。

「だったら……義姉《ねえ》さんの事件の時に出てきた、あの野干《やかん》なのですか」

数ケ月前――神田金沢町《かんだかなざわちょう》の生薬商《きぐすりしょう》〈白雲堂《はくうんどう》〉の娘・お鶴《つる》は、ある殺人事件に巻きこまれた。

そして、その事件の解決に大いに寄与した佐吉《さきち》と結ばれて、お鶴は今は新妻となっている。つまり、お光の義姉というわけだ。

で、その事件の時に、お鶴に取り憑《つ》いていたのが、黒い狐のような姿をした妖──野干なのである。

長谷部透流の活躍で野干は倒されたが、娘陰陽師の説明によれば、野干は〈異《い》形《なり》〉の手先らしい……。

「それは、まだ、わからない」と京之介。

「だが、改めて、巴屋の奉公人に訊いてみると、下女のお春が焼死した時も、大八車が暴走した時も、職人風の男が汐留川に落ちた時も、幻のような黒い獣を目撃しているんだ」

「──と、言うことはだね」

岩太が、京之介の脇から言った。

「お鶴さんの事件の時と同じように、誰かが邪《よこしま》な願《がん》をかけて、野干を引き寄せたんじゃないかと思うんだ。お菊に、死神娘の汚名を着せるために」

岩太の説明によれば──巴屋は三代将軍家光《いえみつ》の時代から商いをしているという

老舗《しにせ》だ。

扇という嵩張《かさば》らない品物を扱っているために、店の構えはさほど大きくないが、まずは万両分限《まんりょうぶげん》の大店である。

主人の幸兵衛は四十前、女房のお崎《さき》を五年前に病気で亡くしていた。

店の方は、幸兵衛の実弟の喜之助《きのすけ》が支配人として取り仕切り、商いは順調である。

そして、幸兵衛は昨年、同業者の遠縁にあたるお園《その》という三十半ばの女と再婚した。

しかし、お園は軀が弱く病気がちで、今は小石川の寮で養生している……。

「俺が怪しいと思うのは、このお園って後妻なんだ」

岩太の口調に、熱が籠《こ》もる。

「跡取り娘のお菊は先妻の子で、お園とは生《な》さぬ仲。お園としては、今から子供を産むのは難しいとしても、お菊さえいなくなれば、自分の息のかかった養子か何かを貰って、巴屋を乗っ取れるじゃないか」

「それは、そうですけれど……」

「だから、お園は稲荷《いなり》ならぬ異形に願掛けをして、お菊を追いつめようとしてるんじゃねえかな。何しろ、今のままじゃあ、お菊は自殺しそうなくらい落ちこんでいるんだ」

「まあ、そういうわけで――」

京之介が話を引き取って、

「とりあえず、長谷部透流に野干や異形のことを、詳しく訊きたいんだがな」

「透流さんは今日、用事があると言って出かけました」

「どこへ行ったんだ」

「さあ……」お光は首を傾《かし》げる。

「それは、聞いていません。でも、あんまり気が進まない様子でした」

「今日中に戻ってくるかな、透流は」

京之介がそう言った時、

「――戻ったよ」

通りの方から、声がかかった。

見ると、長谷部透流が男装姿で立っている。板笠は、手に持っていた。

そして、額に傷があった。

「透流さん、どうしたの、その傷！」

お光は驚いて、立ち上がった。

四

安倍晴明を祖とする土御門家は、天和《てんな》三年、霊元天皇《れいげんてんのう》の綸旨《りんじ》と徳川五代将軍綱《つな》吉《よし》の朱印状《しゅいんじょう》によって、正式に陰陽道本所《ほんじょ》となった。

つまり、卜占《ぼくせん》を稼業とする者は全て、陰陽頭《おんみょうのかみ》である土御門家から許状《きょじょう》を貰う必要があるのだ。

さらに、畿内《きない》やその周辺の宗教的芸能民や西日本の暦師《こよみし》も、土御門家の支配下に置かれた。

江戸にも土御門家の役所があり、東日本の卜占師などを掌握していた。

現在の土御門家の当主である泰栄は、先代の泰邦に男子がなかったので、分家である倉橋家からの養子だ。

しかし――実は、泰邦には庶子の男子がいた。

江戸へ下った時に、泰邦は、身のまわりの世話をしてくれた女中のお藤《ふじ》に手をつけてしまった。

それで生まれたのが、晴嵐である。

泰邦は男子の誕生を大変に喜んで、これを京に呼び寄せ、梅小路村《うめこうじむら》の屋敷で育てた。

そして、陰陽師としての才能が豊かな晴嵐を、自分の後継にしようとしたが、周囲が猛反対した。

庶子であり、しかも東女《あずまおんな》の生んだ子を、土御門家の当主にすることなど、ありえない――というのである。

さらに、現在の土御門家の当主は、陰陽師としての技量よりも、役人としての能力が重視されていた。

後継者をめぐる話し合いの最中に、酒好きの泰邦は卒中で倒れて、会話はおろか、筆談すら不可能となった。

主人の不幸をこれ幸いとして、家司たちは養子縁組を勝手にまとめ、分家から泰栄を迎えて新しい当主としたのである。

泰邦の実子である晴嵐の方は、江戸へ追い払われた。

寛永寺裏の金杉村に屋敷を与えられ、飼い殺しの状態にされたのだった……。

「――で、おれは定期的に、金杉村の屋敷へ報告に行くことになってるんだけど」

甘味処《かんみどころ》の二階の座敷で、白玉入りの善哉《ぜんざい》を食べながら、長谷部透流は言った。

和泉京之介が、橘屋の主人の彦兵衛に断って、お光を借り、四人で、横山町の甘味処へ来たのである。

「今日は、晴嵐様の御機嫌が悪くて、外道士の凱夷を逃してしまったことを話したら、盃を投げつけられたんだ」

「それで、額に傷がついちまったのかい。そいつは、ひどいな」

二つ目の善哉の椀を手にして、岩太が憤《いきどお》る。

店の二階に上がった時、取りあえず人数分の善哉を小女《こおんな》に頼んだ。

だが、甘いものが苦手な京之介はそれに箸をつけずに、岩太に献上したのだった。

「もう、血は止まったから。それに、凱夷を逃したのは、おれが未熟だったからだし」

晴嵐の横暴や狼藉には慣れているのか、透流は淡々と言う。

「でも、女の顔に…それも、お前さんのような別嬪《べっぴん》の顔に顔に傷をつけるなんて、許せねえな」

すると、なぜか、透流は向きになって、

「おれは別嬪なんかじゃないっ」

「そうかい？」

岩太は、小首を傾げる。箸を置いたお光が、
眉をひそめて、

「その晴嵐様という御方《おかた》は、酒乱なのですか」

「うーん……」

透流は返答に詰まった。

「あの方の今の境遇では、色々と鬱屈したものがあるんだろう……御先代の泰邦様も〈斗酒《としゅ》泰邦〉と呼ばれるくらい、酒がお好きだったし」

斗酒とは、〈一斗の酒〉という意味だ。一斗は、一升の十倍――約十八リットルである。

「言っとくけど、ただの異名じゃなくて、泰邦様は本当に一日で一斗を飲まれたことがあるそうだ」

「それでは、卒中になるのも無理はないな」

自分も父親が卒中で倒れた経験を持つ京之介は、呆《あき》れたように言う。

十手《じって》の鬼と言われた和泉京之進が卒中になったのは、酒のせいではない。

不眠不休の探索や厳寒時の屋外での張りこみなど、長年の無理が祟《たた》ったのである。

手当が早かったので、後遺症は軽くて済んだものの、京之進は走ることは出来なくなった。

全力疾走が出来なければ、定町廻り同心は務まらない。

それで、内勤になったらどうか——という上司の勧めを辞退して、家督《かとく》を息子の京之介に譲ったのである。

だから、為蔵という犯罪者に京之介が太腿《ふともも》を匕首《あいくち》で刺された時には、京之進の心配は一様ではなかった。

幸いなことに刺傷は完治して、京之介は父親に「前よりも、速く走れるようになりました」と冗談を言ったくらいである。

「それで、野干のことなんだが——」

京之介が話題を変えると、透流は背筋を伸ばして、表情を改める。

「みんなも知っての通り、稲荷の祭神は宇迦之御魂神《うかのみたまのかみ》だ——」

宇迦之御魂神は豊饒《ほうじょう》の女神《めがみ》であり、米俵を狙う鼠を捕る狐は、その眷属《けんぞく》とされている。

だが、宇迦之御魂神と一緒に稲荷社に祀《まつ》られている荼枳尼天《だきにてん》は、実は、中世に天竺《てんじく》から日本へと渡ってきた異形《いぎょう》の妖魔〈ダーキニー〉である。

ヒンズー教では、ダーキニーは人間の血肉を喰《くら》う凶暴な魔女とされていた。

そこで、日本では、強力な妖魔を封じこめるために、仏教の神としての名前〈荼枳尼天〉を与えて、稲荷社に祀《まつ》ったのである。

女神の神力によって魔女を制する――つまり、稲荷には「異形を封ずる《いなり》」という意味もあったのだ。

そして、その異形の封じこめの監視の役目を担ったのが、長谷部透流の先祖である破星部一真《いっしん》であった。

天才陰陽師であった安倍晴明は、御所《ごしょ》と都《みやこ》を守護することに専念するため、自分に匹敵する実力者である一真に、異形のことを任せたのだ。

破星部一真は、朝廷の陰陽師という身分を捨てて、全国を巡りながら異形の監視を続けた。

その任務は、一真の子に、孫に、曾孫へと受け継がれていった。

淫祠邪教《いんしじゃきょう》や外道術に走る者の成敗《せいばい》や、妖を退治することも、彼の任務となった。

しかし、この十代将軍家治《いえはる》の御代《みよ》に、如何《いか》なる理由によるものか、宇迦之御魂神の神力が弱まり、抑えこまれていた異形が蠢動《しゅんどう》し始めたのである。

前《さき》にも述べたように、お光の兄の嫁となったお鶴が巻きこまれた〈狐憑き殺人事件〉も、異形の使徒である野干の仕業《しわざ》であった。

体色が黒の狐も、自然界において希《まれ》に誕生するが、野干は狐とは全く別ものである。

古書によれば――「狐よりも軀が小さく、尾が大きく、木登りが得意である」という。

屍肉を啖うジャッカルが、その原型とも言われている……。

「だがな」透流は言う。

「そのお菊という死神娘の周囲にいて人を殺したのが野干だとしたら、どうして、お菊を殺さないんだ。後妻のお園が、巴屋の身代《しんだい》を狙っているというなら、死神娘の噂を立てるなんて回りくどいことをしなくても、お菊を始末した方が手っ取り早いだろう」

「それだと、お園に疑いがかかるからさ」

岩太が、したり顔で語る。

「それより、お菊を自殺に追いこんだ方が、世間を欺《あざむ》けるじゃないか」

「そういうものかな……おれには、人間同士の争いごとは、よくわからないや」

凄腕の娘陰陽師は、匙《さじ》を投げた。

その時、階段を上がってくる足音がした。

「──親分、仙助《せんすけ》です」

下《した》っ引《ぴき》の仙助の声である。

岩太は、目で京之介の許可を得て、

「おう。入ってくれ」

「失礼します」

襖《ふすま》を開けた仙助は、京之介に丁寧に会釈して、

「面白いことがわかりました。後妻のお園は、巴屋の同業者の遠縁ということになってますが、実は、吉原遊廓《よしわらゆうかく》にいた遊女だそうです」

「何だとっ」

京之介も岩太も、これには驚いた。

お園は、元は源氏名《げんじな》を綾雲《あやぐも》という下級の遊女で、それを巴屋幸兵衛がこっそりと落籍《らくせき》した。

そして、天満屋小三郎《てんまやこさぶろう》という同業者に頼みこんで、遠縁の者ということにして

もらったのだという。

「大店の主人が、吉原の華魁《おいらん》を落籍して後妻や妾《めかけ》にすることは、そんなに珍しくない。それなのに、どうして、そんな面倒なことをしたのかな」

「吉原の遊女が継母《ままはは》になると言うと、娘のお菊が厭がると思ったんじゃありませんか。色仕掛けで後妻におさまったようなものだから」

色恋沙汰には詳しい岩太が、うがった意見を述べる。

「それはありそうだが……」

京之介が考えこむと、慌ただしく階段を駆け上がってくる足音がした。

「何だ、玉吉じゃないか。旦那の前だぞ。騒々しい」

仙助が、同じ下っ引の玉吉を窘める。

「すいません、兄貴。でも、急な話で」

玉吉は、仙助と京之介の両方に、交互に忙《せわ》しなく頭を下げた。

「どうかしたのか、玉吉。お前には、巴屋の見張りを頼んだはずだが」

「へい。実は、お菊が駕籠《かご》を頼んで、小石川の寮へ向かったんです」

「何っ、後妻のお園が養生している寮へかっ」

京之介は、脇に置いていた大刀《だいとう》をつかんだ。

五

和泉京之介たち一行が、小石川村の石川山善仁寺《いしかわざんぜんにんじ》に近い巴屋の寮に飛びこんだ時――彼らが見たのは、匕首を抜いてお菊とお園に迫る支配人の喜之助の姿であった。

「喜之助、御用だっ」

「神妙にしろっ」

京之介の指図《さしず》もまたずに、鉄十手を構えた仙助と玉吉が、左右から喜之助に飛びついた。

瘦せてひょろりとした中年男の喜之助だが、大の男二人に飛びつかれたというのに、小揺《こゆ》らぎもしない。

「こいつ……？」

怪訝《けげん》な面持《おもも》ちで、仙助が喜之助の左肩を、玉吉が右腕を十手で打ち据えた。

しかし、喜之助は平然としている。それどころか、

「ふんっ」

躯を一揺すりすると、二人を振り払った。

「わっ」

「おァっ」

仙助と玉吉は、毬《まり》のように二間ばかり吹っ飛んだ。庭の地面に、背中から叩きつけられる。

「仙助、玉吉っ、大丈夫かっ」

岩太は、動かなくなった仙助に駆け寄った。

京之介は十手を構えて、喜之助の前に立ちはだかる。

「貴様、奉公人のくせに主人の女房と娘に刃を向けるとは、何事かっ」

封建社会において主殺しは重罪であり、二日間の晒しの上で一日引回し、鋸《のこぎり》挽《びき》の上で死骸《しがい》を磔《はりつけ》にする。

主人を傷つけただけでも、犯人は晒しの上で磔だ。計画的に主人に打ちかかった者は、死罪である。

主人の家族に危害を加えた者も、これに準ずる仕置《しおき》を受けるのだ。

「奉公人だと……」

喜之助は、ぎらぎらと光る細い眼で、京之介を睨みつけた。

「俺は奉公人ではない、主人の弟だぞ。それなのに、俺の息子の大吉《だいきち》とお菊を夫婦にして巴屋を継がせてくれ――と頼んだら、兄貴め、それは出来ないと断りやがった。何様のつもりだっ」

「そんな経緯《いきさつ》があったのか……」

「だから、俺は、お春に金を握らせて、お菊に喰わせる粥の中に、たっぷりと石見銀山《いわみぎんざん》を入れさせたんだ。そしたら、あの馬鹿、自分が火達磨になって、粥の鍋も引っ繰り返しやがって……大失敗じゃないか」

「お春が、そんな……」

居間の隅で、継母のお園と抱き合っていたお菊が、唖然《あぜん》とした。

「それで、俺は、大枚をはたいて死客人《しかくにん》を雇ったんだっ」

喜之助は喚いた。

死客人とは、報酬と引き替えに見も知らぬ相手の命を奪う職業的殺し屋のことだ。

神田の富士見坂で暴走した大八車は、実は、喜之助に雇われた二人組の死客人だったのである。

源太《げんた》と釜六《かまろく》の二人は、下り坂で大八車が暴走したふりをして、梶棒《かじぼう》をぶつけたり、車輪で轢いたりして相手を殺すという手口だ。

その後は、源太たちは大八車を放り出して逃げ去るので、計画的に殺人ではなく事故として扱われる。

その二人が失敗したので、次に雇われたのが、宇八《うはち》という死客人だ。

宇八は、ごろつき数人を雇い、わざと喧嘩騒ぎを起こさせて、それから逃げるふりをして、相手を水に落とすという遣《や》り口である。

ほとんどの女性は泳げないし、多少、泳ぎの心得があったとしても、着衣のまま川に落ちたら、手足に布が絡みついて溺れてしまう。

しかし、肩でお菊を汐留川に突き落とす直前、バランスを崩した宇八は自分が落ちてしまった。

そして、棒杭の先で急所を打って、絶命したのである。

最後の死客人は、貸本屋の玉屋七兵衛であった。

お菊の部屋に上がりこむことができたら、隙を見て、綿をたっぷりと詰めた小さな座布団を、娘の顔に押し当てるのだ。

この方法だと、窒息死しても痕跡が残らず、頓死《とんし》として扱われる。

だが、この七兵衛も、瓦が頭に落ちて死んでしまったのだ。

「もう、死客人を雇う金も尽きだ。だから、この手で二人とも殺してやる。死神娘のお菊が、仲の悪い継母のお園を殺して自殺したという風にすれば、俺の息子の大吉を巴屋の後継にするしかなくなる。そのうち、兄貴も事故に見せかけて殺せば、巴屋は俺たち父子《おやこ》のものだ。はは、ははは、ははははっ」

口から、だらだらと大量の唾液を流しながら、喜之助は狂笑する。

「気をつけろ」透流は叫んだ。

「そいつは、何かに憑かれているぞっ」

「何だとっ？」

京之介は十手帯の後ろに手を回すと、大刀を抜いた。

すると、喜之助の両眼が金色に輝いて、ばりばりと口の両端が耳まで裂ける。

そして、全ての歯が鋭く尖った。

そして、右手の匕首を京之介の方へ突き出した。

「化物《ばけもの》めっ」

京之介は、その手首に大刀を叩きつける。

が、喜之助は平然として、匕首も落とさなかった。うるさそうに、左腕で京之介を打ち払う。

京之介の軀は吹っ飛んだ。襖を突き破って、隣の座敷へ転げこむ。

「わあっ」

喜之助は、お菊とお園の方へ向き直る。

「邪魔な牝どもめ……」

憎悪をこめて二人を睨みつけると、匕首をふりかざす。

その時——黒い影が駆け寄って、喜之助に飛びかかった。匕首を持った右腕に、嚙みつく。

野干——ではなかった。それは、赤みを帯びた黒色の狐である。

「九郎助《くろすけ》様っ」

お園が叫んだ。

「宇迦の眷属か……猪口才《ちょこざい》な」

喜之助は、右腕に黒狐をぶら下げたまま、その首をつかんだ。

そして、めきめきと黒狐の首を握り潰す。とてつもない握力である。

力を失った黒狐が右腕から口を放すと、喜之助は、その軀を畳に叩きつけた。

その首は、ほとんど千切れかけている。

「く、九郎助様が……何という罰《ばち》当たりな……」

無惨《むざん》な黒狐の姿を見つめて、お園が涙を流す。

「面倒だ、二人も焼き殺してくれるっ」

喜之助が、くわっと口を大きく開く。

そして、二人の女めがけて、毒々しい紫色の火焔を吐き出した。

が、その瞬間——青白い霧が、二人の前に障壁《しょうへき》となって立ちはだかった。

お光の願いによって、煙羅が姿を現したのである。

紫色の火焔は、煙羅によって阻《はば》まれた。

さらに、両刃《もろば》の短剣を構えた長谷部透流が、背後から喜之助に襲いかかった。

「ちっ」

振り向きながら、喜之助は、透流の右腕をつかんだ。ぎりぎりと握りしめる。

「む、むむ……」

骨の軋《きし》む激痛に、透流は唸った。

その時、黒狐の首が飛んだ。

頭部だけになった黒狐は、喜之助の喉笛に嚙みつく。

「げっ」

喜之助は、透流の右腕を放して、黒狐の首を引き剝《は》がそうとした。

その隙に、透流が痛みを堪《こら》えながら、短剣を喜之助の頭の天辺《てっぺん》に突き立てる。

「〜〜〜〜っ！」

喜之助は絶叫した。

人間の声帯が発するとは信じがたいほどの、奇怪な叫びであった。

喜之助が仰向《あおむ》けに倒れると、黒狐の首が、ごろりと転がった。

絶命した喜之助は、皮膚が次第に黒くなってゆく。

そして、顔も手足も、完全に野干となった。

「喜之助は、人間ではなかったのかっ」

お光の肩を借りて、隣の座敷から戻ってきた京之介が、その死骸を見て驚く。

「いや……こいつは、どこかの稲荷社で、身代乗っ取りの祈願をしていたんだろう。それで、野干に軀を乗っ取られたんだ」

そう言ってから、透流は竹筒を出して、呪文を唱えながら中身の白い粉を野干に振りかける。

すると、野干は派手に燃え上がった。

それは、普通の炎ではなかった。畳を焦がすこともなく、野干だけを焼いて、消滅させる。

後に残ったのは、喜之助の衣服と匕首だけであった。

お園は、おずおずと黒狐の首に手を伸ばして、そっと抱きしめた。

「九郎助様……お菊さんを守ってくれて、ありがとう」

そう呟いたお園は、急に胸を反《そ》らせると、が――っと大量の血を吐いた。

六

「いやはや……何とも驚いた事件でしたねえ」

巴屋のお園の弔《とむら》いの翌日――橘屋の縁台《えんだい》に座った岩太が、茶を飲みながら言った。

「まさか、黒いお狐様が、お菊を守っていたなんて……」

吉原遊廓には、開運《かいうん》稲荷、榎本《えのもと》稲荷、吉徳《よしとく》稲荷、明石《あかし》稲荷、九郎助稲荷と合計で五社も稲荷がある。

それぞれに謂《い》われがあるのだが、九郎助稲荷の場合は――今から千年以上も前の和銅《わどう》四年、江戸の地で千葉《ちば》九郎助という者が、天から白狐と黒狐が降りてくる霊夢を見た。

これは吉兆に違いなしと思った九郎助は、敷地に稲荷社を勧請《かんじょう》し、これは〈田《た》の畔《くろ》稲荷〉と呼ばれた。

それから、ずっと後、徳川幕府が開かれて、そこに後に吉原遊廓が建てられた。田の畔稲荷は、〈九郎助稲荷〉と呼ばれるようになった。

そして、その吉原遊廓が日本堤《にほんづつみ》の向こうに移転する時も、九郎助稲荷も一緒に移ったのである。

綾雲という源氏名で吉原遊廓にいた時、お園は誰よりも熱心な九郎助稲荷の信徒であった。

巴屋幸兵衛に身請《みう》けされて、小石川の寮に住むようになってからも、お園は、吉原遊廓の方角に朝晩、手を合わせることを忘れなかった。

ところで――お園は、幸兵衛の実弟で支配人の喜之助が、巴屋の身代を狙っていることに気づいた。

そして、邪魔な後継娘のお菊を亡き者にしようしていると見抜いた。

身を売りながら、何千人もの男を見てきた女の勘《かん》である。

夫の幸兵衛に訴えようにも、勘だけで証拠はない。

そこでお園は、「あたしの命を縮めてもかまいませんから、その代わり、お菊の命だけは助けてください」と九郎助稲荷に願掛けをしたのである。

お園の真摯《しんし》な祈りが、神に届いたのだろう。

黒い九郎助狐が顕現《けんげん》して、お菊の身に危険がおよぶ度に、四度も彼女を守ったのであった。

そして、最後は、野干と差し違えるようにして、九郎助狐は消えたのだった……。

「それにしても、お園が労咳《ろうがい》だったとはな」

和泉京之介は溜息をついた。

労咳とは、現在で言う肺結核で、特効薬のないこの時代では死病であった。

長谷部透流たちの奮闘で野干が退治されて、お菊の身の危険がなくなったことを見届けた時、お園は大量に吐血して息絶えた。

願掛け通りに、自分の命と引き替えにして、生さぬ仲の継子《ままこ》を助けたのである。

そして、九郎助狐の頭部も消えた。

「でも、巴屋のご主人とお園さんが、幼なじみだったなんて……本当にお気の毒で」

しんみりした口調で、お光が言う。

お園は、巴屋の近くにあった唐物屋《からものや》の娘であった。

寺子屋《てらこや》も一緒だったので、幸兵衛とお園は、いつも二人で遊んでいた。夫婦約束もしている仲だった。

ところが、父親が抜荷《ぬけに》を扱ったという疑いで町奉行所の取り調べを受け、嫌疑は晴れたものの、店は潰れてしまった。

父親は取り調べで健康を損なって寝たきりになり、その薬代のために、少女のお園は宿場《しゅくば》女郎に売られてしまったのである。

ようやく前借金を返したところで、お園は悪い男に騙されて、別の宿場に売り飛ばされた。

さらに、そこでも悪党に利用されて、女衒《ぜげん》に叩き売られたのだ。

もう三十近いお園であったが、童顔で品のある器量だったので、吉原遊廓へ売られた。

もはや華魁にまで上りつめるような時間もなかったが、中級の遊女として、それなりに常連客のついていたお園であった。

そこへ、同業者に引きずられるようにしてやってきたのが、巴屋幸兵衛である。

二十年以上の隔《へだ》たりがあるにも関わらず、幸兵衛は一目《ひとめ》で、綾雲がお園だと見抜いた。

お園も、幸兵衛だと気づいたが、自分の境遇を恥じて、知らないふりをした。

それを察した幸兵衛は、それから何度も一人で吉原を訪れては、お園を指名したのである。

座敷で二人だけになっても、幸兵衛は酒を飲みながら、とりとめのない世間話をするだけであった。

その心遣《こころづか》いに感激したお園は、何度目かの夜に、「幸兵衛さん……会いたかった。あたし……ずっと、ずっと、死ぬほど会いたかったんです」と泣いた。

お園が泣いて、幸兵衛も泣いた。

二人は涙を流しながら、一晩中、小さい頃の思い出話をした。

朝になると、幸兵衛は楼主を呼んで、「綾雲を身請けしたいのだが」と申し出た。

遊女の身請けには親の許可がいるのだが、お園の両親は、とうに亡くなっている。後は、前借金の精算だけであった。

だが、狡猾《こうかつ》な楼主は、相手が大店の旦那だと知っているので、「前借金の残りは二十数両ですが、身請け祝いとしてあちこちに祝儀を出して、見世《みせ》の妓《おんな》どもを総仕舞《そうじまい》しなきゃいけません。ですから、何やかやで…」

相手の言葉の途中に、幸兵衛は小判の包みを八つ出した。二百両である。

目を丸くした楼主に、幸兵衛はてきぱきと、

「お前さんたちにはお前さんたちの仕来《しきた》りがあるだろうが、私は急いでいるから、これで全てを賄《まかな》っておくれ。今すぐ出てゆくので、駕籠を用意してもらいたい。それと――」

さらに百両を出した。

「これで、綾雲の身請けの件は内緒にして欲しい。約束だ、頼んだよ」

そうして、有無を言わせず、お園を駕籠に乗せて吉原遊廓を後にしたのである。

旧知の天満屋小三郎に頼んで、お園を天満屋の寮に住まわせてもらい、その間に、再婚の手筈《てはず》をつけた。

そして、身内だけで質素な祝言《しゅうげん》を挙げると、すぐに、お園を小石川の寮へ送ったのである。

幸兵衛は、お園が労咳に罹《かか》っていることを知っていたのだ。

「あっしには、わからないんですがね」と岩太。

「お菊は、ほとんど話したこともない継母のお園を、どうして小石川まで訪ねる

気になったんでしょう」

「それは、俺がお菊に訊いてみた」

するると、夢の中に白いお狐様が出てきて、継母のお園と話をしたら道は開ける
――と言われたのだそうだ。

「結局、その通りになったな。あのまま日本橋の店にいたら、お菊は、野干に乗っ取られた喜之助に刺し殺されていたかもしれない」

生き残った死客人の釜六が、喜之助の企みを白状したが、またもや、報告書の辻褄《つじつま》を合わせるのに苦労した京之介である。

仙助と玉吉が気絶していて、野干と化した喜之助や九郎助狐を見ていないことが、幸いであった……。

「でも……事件は解決したけれど、透流さんがいなくなって、少し寂しいです」

喜之助の野干を退治してから、長谷部透流は、また、諸国放浪の旅に出たのである。

次に江戸へ戻ってくるのは、二ヶ月後か、半年後か――。

「大丈夫だ、お光」と京之介。

「お前たちは友達になったんだから、透流は必ず、また逢《あ》いにくるよ」

「――はい」

にっこりと微笑《ほほえ》んだお光が、ふと、小首を傾げた。

「あら、まあ……駄目よ、そんなことを言っては」

「どうしたんだ、お光」

「おえんちゃんが――出来れば、もう、透流さんに逢いたくないって」

「そりゃそうだろう。天敵みたいなもんだからね」

岩太が、大口を開けて笑った。つられて、お光も京之介も笑う。

平和な一時《ひととき》を祝福するように、三人の頬を大川《おおかわ》の風が優しく撫でていった。

おかげさまで、『あやかし小町《こまち》』第三巻を上梓できました。

デビューした頃に考えついて、それから二十数年、化石になりかかっていた企画が実現しただけでも歓喜なのに、三巻目まで続けられたのですから、本当に私は幸せ者です。


さて──今でこそ、ＳＦ（空想科学小説）というのは独立した立派なジャンルですが、私より年上の方ならご存じの通り、昔は推理小説の中のサブ・ジャンルの扱いでした。そして、怪奇小説との境界もあやふやでした。

推理小説も、昔は探偵小説と呼ばれていたのです。大雑把に言いますと、不可能犯罪を理詰めで解決すれば探偵小説、超科学で解決すればＳＦ、オカルトでオチをつければ怪奇小説という感じですね。

今夏、久しぶりに新作が公開された『ゴジラ』シリーズで有名な東宝特撮映画にも、ＳＦ映画があります。

その中でも、昭和三十年代に公開されて、マニアの間で「変身人間三部作」として有名なのが、『美女《びじょ》と液体人間《えきたいにんげん》』（昭和三十三年）『電送人間《でんそうにんげん》』『ガス人間第一《にんげんだいいち》号《ごう》』（ともに、昭和三十五年）です。

どれも、SF的なアイディアに、麻薬ギャングの抗争、終戦秘話と密輸団のボスへの復讐、連続銀行強盗――という具合に犯罪要素を絡めているのは、一般の観客の興味を引くためもありますが、先ほど書いたように、まだSFが探偵小説の一部だったからでしょう。

一本目の『美女と液体人間』は、原爆実験の死の灰を浴びた漁船員が、液体生物に変化して東京に上陸し、大パニックを巻き起こすというストーリー。

主人公の浮世離れした青年科学者役は、後に『ウルトラQ』で万城目《まんじょうめ》淳《じゅん》を演じた佐原健二《さはらけんじ》。ヒロインの美貌のクラブ歌手を演じたのは、先頃、惜しくも他界した白川由美《しらかわゆみ》です。

白川さんは、劇中で『THE MAGIC BEGINS』（作曲・佐藤勝《さとうまさる》、唄はマーサ三宅《みやけ》による吹替《ふきかえ》）を唄っていますが、後に、黒澤明《くろさわあきら》監督の『天国《てんごく》と地獄《じごく》』（昭和三十八年）において、山崎努《やまざきつとむ》が横浜の街を徘徊する場面で、街頭放送でこの歌が流されていました。黒澤監督が他人の作品のオリジナル曲を使用するのは、かなり珍しいと思います。

本多猪四郎《ほんだいしろう》監督は、この『液体人間』を硬質の犯罪捜査ドラマとして演出していて、特に、白川さんの高級アパートの廊下を三人の刑事がゆく無言の場面や、クラブの熱狂的なバンド演奏とギャングの逮捕をカットバックで見せた場面は、驚くほど上質のハードボイルド・タッチでした。

インターネットの映画レビューに、「この映画は、液体人間が出て来なくても一級の刑事物」と書かれた方がいましたが、私も全く、同感です。

八年前のことですが――佐原さん、白川さん、そして、宝田明《たからだあきら》、小泉博《こいずみひろし》、久保明《くぼあきら》、夏木陽介《なつきようすけ》、水野久美《みずのくみ》という錚々《そうそう》たる顔ぶれの座談会が東宝撮影所で行われ、拙《つたな》いながらも私が司会を務めさせていただきました。

その休憩時に、佐原さんと直《じか》に話をさせていただく機会があり、『液体人間』に関する右のレビューをお伝えすると、大変に喜んでくださいました。座談会が終わった後に、佐原さんの方から私に近づいてこられ、黙って握手を求められた時は、本当に嬉しかったです。

で、第一巻のあとがきにも書きましたが、私は、この『あやかし小町』で、「ホラーと見せかけて、人間の犯罪」「人間の犯罪ではあったが、結末はホラー的」という岡本綺堂《おかもときどう》的なテイストを心懸けています。

そして、「仮に〈妖《あやかし》〉が出てこなくても、捕物帳として十分、面白《おもしろ》い」という『液体人間』的な境地を目指しています。

これからも、そんな完成度の高い作品が書けるように、頑張りたいと思います。

次の作品は本年十二月、『大江戸巨魂侍《おおえどきょこんざむらい》』の第十一巻になる予定ですので、よろしくお願いします。

二〇一六年八月

鳴海 丈

〈参考資料〉

『地蔵の世界』石川純一郎　（時事通信社）
『風俗越中売薬』玉川信明　（巧玄出版）
『江戸児童図書へのいざない』A・ヘリング（くもん出版）
『江戸の火事』黒木　喬　（同成社）
『房総昔話散歩』高橋在久・他　（創樹社）
『魔よけとまじない』中村義雄　（塙書房）
『江戸吉原図聚』三谷一馬　（中央公論社）
その他

この作品は廣済堂文庫のために書下ろされました。

特選時代小説

KOSAIDOBUNKO

あやかし小町《こまち》
大江戸《おおえど》怪異《かいい》事件帳《じけんちょう》
廻《まわ》り地蔵《じぞう》

2016年10月1日　第1版第1刷

著者
鳴海《なるみ》 丈《たけし》

発行者
後藤高志

発行所
株式会社 廣済堂出版
〒104-0061 東京都中央区銀座3-7-6
電話◆03-6703-0964［編集］ 03-6703-0962［販売］ Fax◆03-6703-0963［販売］
振替00180-0-164137　http://www.kosaido-pub.co.jp

印刷所・製本所
株式会社 廣済堂

ISBN978-4-331-61663-5 C0193

定価はカバーに表示してあります。落丁・乱丁本はお取り替えいたします。

鳴海 丈の書下ろし痛快時代小説

あやかし小町

大江戸怪異事件帳

定価 本体648円＋税

ISBN978-4-331-61642-0

豪商の跡取り娘が密室となった蔵の中から消え去り、後には男の死体が残されていた⁉　奇怪な密室の謎を追う青年同心・和泉京之介と岡っ引・岩太の前に現れたのは、不思議な能力を持つという町娘のお光だった。さらに男装の娘陰陽師も絡んで大江戸の闇に迫る！本格捕物帳と不思議譚が合体した痛快時代エンタテインメント‼